पेंगुइन स्व

उपनिषदों की कथाएं

विश्वप्रकाश दीक्षित 'बटुक' लेखक, अनुवादक और संपादक थे। आपने प्राचीन सभ्यता और संस्कृति पर जमकर लिखा और भारत के इतिहास को अपनी रचनाओं में खंगालते हुए अनेक नए निष्कर्ष निकाले जो ऐतिहासिक घटनाओं के मूल्यांकन को पुन: करने को विवश करते हैं। आपने दर्जनों मौलिक पुस्तकें लिखीं और हिन्द पॉकेट बुक्स में लंबे समय तक संपादक के पद को सुशोभित किया।

उपनिषदों की कथाएं

विश्वप्रकाश दीक्षित 'बटुक'

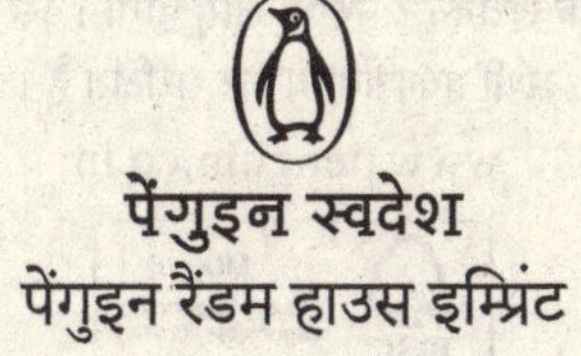

पेंगुइन स्वदेश
पेंगुइन रैंडम हाउस इम्प्रिंट

पेंगुइन स्वदेश

यूएसए। कनाडा। यूके। आयरलैंड। ऑस्ट्रेलिया। सिंगापुर
न्यू ज़ीलैंड। भारत। दक्षिण अफ्रीका। चीन

पेंगुइन स्वदेश, पेंगुइन रैंडम हाउस ग्रुप ऑफ़ कम्पनीज़ का हिस्सा है,
जिसका पता global.penguinrandomhouse.com पर मिलेगा

पेंगुइन रैंडम हाउस इंडिया प्रा.लि.,
चौथी मंजिल, कैपिटल टावर 1, एमजी रोड,
गुरुग्राम 122002, हरियाणा, भारत

पेंगुइन
रैंडम हाउस
इंडिया

प्रथम संस्करण हिन्द पॉकेट बुक्स द्वारा 1999 में प्रकाशित
यह संस्करण हिन्द पॉकेट बुक्स में पेंगुइन रैंडम हाउस द्वारा 2022 में प्रकाशित

10 9 8 7 6 5 4 3 2

ISBN 9789353493646

मुद्रक : मणिपाल टेक्नॉलजीस् लिमिटेड, भारत

www.penguin.co.in

अनुक्रम

उपनिषद् : क्या और क्यों

'उपनिषद्' शब्द के भिन्न-भिन्न विद्वानों ने भिन्न-भिन्न अर्थ किए हैं। एक विद्वान् के अनुसार उप+नि+षद् रूप दिया गया है। इसमें उप तथा नि उपसर्ग हैं और सद् धातु है। सद् धातु के तीन अर्थ हैं–विनाश, ज्ञान और प्राप्ति तथा शिथिल करना। इस प्रकार 'उपनिषद्' का अर्थ हुआ–'जो समस्त अनर्थों को उत्पन्न करने वाले संसार में आसक्ति का विनाश करती है, संसार की कारण रूप अविद्या के बंधन ढीले करती है और ब्रह्म की प्राप्ति कराती है, वह उपनिषद् है।' इस प्रकार ब्रह्मविद्या को ही 'उपनिषद्' कहा गया। 'उपनिषद्' का दूसरा नाम 'वेदांत' भी है। वेद के अंतिम अर्थात् वास्तविक अर्थ का ज्ञान कराने के कारण यह 'उपनिषद्' कहलाती है। रहस्य के अर्थ में भी 'उपनिषद्' शब्द का प्रयोग हुआ है। परम रहस्य रूप आत्मानंद का ज्ञान करने वाली विद्या 'उपनिषद्' है।

एक दूसरे विद्वान् के अनुसार गुरु के आसन के निकट नीचे बैठकर जो विद्या प्राप्त की जाती है, वह 'उपनिषद्' है। उनके विचार से 'उपनिषद्' शब्द उप (निकट) नि (नीचे) और सद् (बैठना) से मिलकर बना है। शिष्यगण गुरु से प्राप्त विद्या सीखने के लिए उनके आसन के निकट नीचे धरती पर बैठकर ज्ञान प्राप्त किया करते थे। वनों में स्थापित आश्रमों के शांत वातावरण में उपनिषदों के विचारक उन समस्याओं पर

विचार किया करते थे, जिनमें उनकी बहुत ही गहरी रुचि थी और वे अपना ज्ञान अपने निकट बैठे हुए योग्य शिष्यों को दिया करते थे।

वेद चार हैं–ऋग्वेद, यजुर्वेद, सामवेद और अथर्ववेद। प्रत्येक के चार विभाग हैं–संहिता, ब्राह्मण, आरण्यक और उपनिषद्। चारों वेदों की प्रत्येक शाखा से संबंध रखने वाली एक-एक उपनिषद् है। शाखाएं अनंत हैं, अतः उपनिषदें भी अनंत हैं। हमारा बहुत-सा प्राचीन ज्ञान अब प्राप्त नहीं है। खोज-बीन कर विद्वानों ने लगभग 220 उपनिषदें गिनाई हैं। इनमें मुख्य हैं–ईश, केन, कठ, प्रश्न, मुंडक, मांडूक्य, तैत्तिरीय, ऐतरेय, छांदोग्य, बृहदारण्यक, श्वेताश्वतर और कौशीतकी।

वेद का एक भाग होने के कारण उपनिषद् भी अपौरुषेय हैं, अर्थात् किसी पुरुष विशेष के द्वारा नहीं लिखे गए। ऐसा कहा गया है कि इनमें जिस सत्य का वर्णन है, वह ईश्वर के मुख से निकला सत्य है या वह ऋषियों द्वारा देखा गया है। वास्तव में भारत का समूचा आरंभिक साहित्य ही अज्ञात लेखकों की रचना है, इसलिए उपनिषदों के लेखकों के नामों का भी किसी को ज्ञान नहीं। उपनिषदों के कुछ मुख्य विचार आरुणि, याज्ञवल्क्य, बालाकि, श्वेतकेतु, शांडिल्य आदि सुप्रसिद्ध ऋषियों के नामों से जुड़े हैं। वे संभवतः उन विचारों के, जो उनके बताए जाते हैं, प्रारंभ के व्याख्याकार हैं। असल में इन शिक्षाओं का विकास उन परिषदों (बैठकों) में हुआ होगा, जहां गुरु और शिष्य भिन्न-भिन्न मतों पर विचार–विमर्श कर उनकी व्याख्या किया करते थे।

ब्रह्मविद्या, वेदांत या रहस्यपूर्ण ज्ञान जैसे शब्दों से चौंकना नहीं चाहिए। न ही इन भारी-भरकम शब्दों को सुनकर यह मान लेना चाहिए कि उपनिषदों को समझना हमारे बस की बात नहीं है। वास्तव में उपनिषदें व्यवस्थित चिंतन से कहीं अधिक आत्मिक प्रकाश के साधन हैं। ये हमारे आगे दर्शन के ऐसे सूक्ष्म पदार्थ नहीं रखते, जिन्हें हम पकड़ ही न सकें।

ये तो हमारे सामने अनेक प्रकार के मूल्यवान्-आत्मिक अनुभव संसार के रहस्यों को खोलकर रखते हैं। जिन सत्यों का उपनिषदों में वर्णन है, उनकी पुष्टि केवल तर्क बुद्धि से नहीं होती। बल्कि निजी अनुभव से होती है। इनका लक्ष्य काल्पनिक नहीं, बल्कि व्यावहारिक है। इनका ज्ञान हमें दैहिक जीवन की चकाचौंध से ऊपर उठने में सहायता देता है। उपनिषदों ने उन प्रश्नों को लिया है, जो मनुष्य के मन में उस समय उठते हैं, जब वह गंभीरता से सोचने लगता है और वे उनके ऐसे उत्तर देने का यत्न करती हैं, जिन उत्तरों को हमारा मन आज स्वीकार करना चाहता है। विश्वविख्यात दार्शनिक डॉक्टर राधाकृष्णन् की दृष्टि में "उपनिषदें वह नींव हैं, जिस पर करोड़ों मनुष्यों के विश्वास आधारित रहे हैं, और वे मनुष्य हमसे कोई बहुत हीन नहीं थे। मनुष्य के लिए उसके अपने इतिहास से अधिक पवित्र कुछ नहीं है। कम-से-कम अतीत के स्मारकों की हैसियत से ही उन पर हमें पूरा ध्यान देना चाहिए।" आज हमसे राष्ट्रीय अस्तित्व और निज को पहचानने की बहुत बातें कही जाती हैं, डॉ. राधाकृष्णन् कहते हैं, "हम भारतीय यदि अपने राष्ट्रीय अस्तित्व और स्वरूप को कायम रखना चाहते हैं, तो हमारे लिए उपनिषदों का अध्ययन आवश्यक है।"

उपनिषदों के ज्ञान से स्वार्थ और परमार्थ दोनों की सिद्धि होती है। सबसे बड़ा स्वार्थ है–सुखपूर्ण जीवन, आत्मशांति और परमार्थ है–समाज में व्यवस्था, विश्व में शांति। हम देखते हैं कि आज संसार में भौतिकवाद और नास्तिकता के विचार बढ़ गए हैं। फलतः भीतर-बाहर कहीं भी शांति के दर्शन नहीं हो रहे। इस समय चारों ओर अनेकानेक राजनीतिक और आर्थिक वादों का ऐसा भयंकर जाल फैल गया है, जिसके कारण जिन महान् दार्शनिक विचारों ने हमारे व्यक्तिगत और सामाजिक जीवन को चिंतनशील बनाकर आध्यात्मिक उत्कृष्टता की ओर मोड़ा था, उनकी चर्चा ही बंद हो गई है। इसीके फलस्वरूप आज चारों ओर रागद्वेष और

हिंसा-प्रतिहिंसा का प्रवाह वेग से बह रहा है और मानवता की भयानक दुर्दशा हो रही है। इस पृष्ठभूमि में उपनिषदों का ज्ञान प्राप्त करने के लिए सुकरात के शब्दों को थोड़ा ध्यान से पढ़ें "हमें मिल-जुलकर उस भंडार को उलटना-पलटना चाहिए जो संसार के मनीषी हमारे लिए छोड़ गए हैं और यदि ऐसा करते हुए हम एक-दूसरे के मित्र बन जाते हैं, तो यह और भी प्रसन्नता की बात होगी।"

दिव्य शिक्षाओं से पूर्ण कर्त्तव्य तथा अकर्त्तव्य का ज्ञान कराने वाली उपनिषदें क्या कहती हैं, इसका पूरा ज्ञान तो उनका आदि से अंत तक मनन करने से ही होगा। यहां हम मुख्य-मुख्य उपनिषदों के प्रमुख विचारों की चर्चा कर रहे हैं।

ईशावास्योपनिषद्: यह शुक्लयजुर्वेद संहिता का चालीसवां अध्याय है। मंत्र-भाग का अंश होने के कारण इसका विशेष महत्त्व है। इसी को सबसे पहली उपनिषद् माना गया है। इसमें भगवत् तत्त्व रूप ज्ञान की महिमा पर बल दिया गया है। इसके पहले मंत्र में 'ईशावास्यम्' वाक्य आने से इसका नाम 'ईशावास्य' माना गया। इसमें कुल 18 मंत्र हैं। मंत्र प्रार्थना प्रधान हैं और इनमें प्रसंग से कर्म, अकर्म, सत्य, असत्य, विद्या, अविद्या की व्याख्या की गई है।

केनोपनिषद्: यह सामवेद के 'तलवकार ब्राह्मण' के अंतर्गत है। इस उपनिषद् में सबसे पहले 'केन' शब्द आया है, इसी से इसका 'केनोपनिषद् नाम पड़ गया, इसे 'तलवकार उपनिषद और ब्राह्मणोपनिषद् भी कहते हैं। यह तलवकार ब्राह्मण का नवम अध्याय है। इसका मुख्य विषय परब्रह्म तत्त्व की व्याख्या है। यह विषय चूंकि बहुत गंभीर है, अतः उसे भली-भांति समझने के लिए गुरु-शिष्य संवाद का सहारा लिया गया है। सामवेद से संबंधित इस उपनिषद् के चार खंड हैं। इसे उपनिषद् में मिथ्याभिमान पर करारी चोट की गई और ब्रह्म के साक्षात्कार द्वारा मोक्ष पर जोर दिया गया है।

कठोपनिषद्: उपनिषदों में यह सबसे अधिक प्रसिद्ध है। यह कृष्णयजुर्वेद की कठ शखा के अंतर्गत है, इसलिए इसका नाम कठोपनिषद् है। इसमें दो अध्याय हैं और प्रत्येक अध्याय में तीन-तीन बल्लियां हैं। इसमें उद्दालक ऋषि के पुत्र नचिकेता का यम के साथ महत्त्वपूर्ण संवाद है। वास्तविक दान, आत्मा, परमात्मा, मृत्यु आदि विद्या, योग की विधि, जन्ममरण के बंधन से मुक्ति, सब प्रकार के विकारों से बचना, शुद्ध आत्मा वाला होकर परब्रह्म परमेश्वर में लीन होना आदि इसके मुख्य विषय हैं।

प्रश्नोपनिषद्: यह अथर्ववेद के पिप्पलाद शाखा के ब्राह्मण भाग से संबंधित है। इसमें पिप्पलाद ऋषि ने सुकेशा आदि छः ऋषियों के छ: प्रश्नों का क्रम से उत्तर दिया है। इसीलिए इसे 'प्रश्नोपनिषद्' कहते हैं। एक-एक प्रश्न कई-कई श्लोकों से है। इन प्रश्नों को इसकी बल्लियां या अध्याय या खंड कह सकते हैं। यह भिन्न-भिन्न विषयों से संबंधित ज्ञान का भंडार है।

मुंडकोपनिषद्: इसका संबंध अथर्ववेद की शौनकी शाखा से है। इसके तीन अध्याय हैं जिन्हें मुंडक कहा गया है। प्रत्येक मुंडक के दो खंड हैं। इस उपनिषद् में ब्रह्मविद्या की विस्तार से व्याख्या की गई है। परा और अपरा दो विद्याओं की चर्चा कर उनके रूप और फल को समझाया गया है। परब्रह्म के स्वरुप और उसकी प्राप्ति का उपाय बताया गया है।

मांडूक्योपनिषद्: यह अथर्ववेद से संबंधित है। इसमें परब्रह्म परमात्मा के संपूर्ण रूप का तत्त्व समझाया गया है। जींवात्मा तथा उसके स्थूल, सूक्ष्म, कारण तीनों शरीरों को समझाकर परमात्मा के 'ओंकार' रूप पर जोर दिया गया है। इसमें केवल 12 मंत्र हैं।

ऐतरेयोपनिषद्: ऋग्वेद के ऐयरेय आरण्यक में दूसरे आरण्यक के चौथे, पांचवे और छठे अध्यायों को ऐतरेय उपनिषद् कहा गया है। इन

अध्यायों में ब्रह्म विद्या की प्रधानता है। इसके तीन अध्याय हैं। प्रथम अध्याय में संसार की रचना, दूसरे में जीवों के जन्म और तीसरे में परब्रह्म पर विचार किया गया है।

तैत्तिरीयोपनिषद्: यह कृष्ण यजुर्वेद की तैत्तरीय शाखा तैत्तिरीय आरण्यक का अंग है। इस आरण्यक के दस अध्याय हैं। उनमें से सातवें, आठवें और नवें अध्यायों को ही 'तैत्तिरीय उपनिषद्' कहा जाता है। इस उपनिषद् को शिक्षावल्ली, ब्रह्मानंदवल्ली और भृगुवल्ली तीन खंडों में विभक्त किया गया है। पहली वल्ली में 12 अनुवाक्, दूसरी में 9 और तीसरी में 10 अनुवाक् या अध्याय हैं। प्रथम वल्ली में ओंकार तथा भूः भुवः स्वः का वास्तविक अर्थ बताया गया है। धर्मानुपठान की शिक्षा दिए जाने के कारण इसे शिक्षावल्ली कहा गया है। दूसरी वल्ली में परब्रह्म पर विचार किया गया है। तीसरी वल्ली में वरुण ने अपने पुत्र भृगु ऋषि को ब्रह्मविद्या का उपदेश दिया है।

श्वेताश्वतरोपनिषद्: इसका कृष्ण यजुर्वेद से संबंध है और इसमें छः अध्याय हैं, इसमें सत्संग, कर्मयोग, उपासना आदि की विशेषता बताकर परब्रह्म और इसकी प्राप्ति पर विस्तार के साथ विचार किया गया है। सांख्य, योग तथा वेदांत का रहस्य बताना इसका मुख्य विषय है।

छांदोग्योपनिषद्: यह सामवेद की तलबकार शाखा के छांदोग्य ब्राह्मण का भाग है। इस ब्राह्मण में कुल 10 अध्याय हैं, उनमें से पहले दो अध्यायों को छोड़कर शेष आठ अध्यायों का नाम छांदोग्योपनिषद् है। यह एक विशाल ग्रंथ है। इसके पहले दो अध्यायों में ओंकार, उद्गीध और साम की आलोचना है। तीसरे में परब्रह्म का स्वरूप है। इसी भाग में श्रीकृष्ण की कथा भी है। चौथे में सत्यकाम जाबाल की कथा है। पांचवें में जैवलि और कैकय राजाओं द्वारा श्वेतकेतु को परमात्मा-संबंधी उपदेश है। छठे अध्याय में बताया गया है कि श्वेतकेतु ने अपने पिता

से किस प्रकार परब्रह्म का ज्ञान पाया। सातवें अध्याय में सनत्कुमार द्वारा नारद जी को कई प्रकार का ज्ञानोपदेश दिए जाने की कथा है। आठवें भाग में परब्रह्म और प्रजापति के संबंध में अनेकानेक गूढ़ आलोचनाएं हैं।

बृहदारण्यकोपनिषद् : यह शुक्लययुर्वेद की काण्वी शाखा के वाजसनेयि ब्राह्मण से संबंधित है। आकार में बड़ी (बृहत्) और वन (अरण्य) में अध्ययन की जाने के कारण इसका नाम 'बृहदारण्यक' पड़ा, इसमें छः अध्याय हैं, प्रत्येक अध्याय में जो लघुखंड हैं, उन्हें ब्राह्मण कहा गया है। इसके पहले अध्याय में सृष्टि और सृष्टिकर्त्ता का परिचय दिया है। दूसरे में अजातशत्रु से गार्म्य-बालाकि ने परमात्म ज्ञान प्राप्त किया है। तीसरे में राजा जनक की सभा का उल्लेख है, जिसमें कुरु—पांचालि आदि प्रदेशों के अनेक वेदज्ञाता पधारे। सभा में सबको राजा जनक के पुरोहित याज्ञवल्क्य ने हराकर राज पुरस्कार पाया। इसी सभा में गार्गी भी हार गई थी, चौथे अध्याय में जनक और याज्ञवल्क्य के बीच परब्रह्म के बारे में एक-से-एक विकट तर्क-वितर्क दिए गए हैं। इसी अध्याय में याज्ञवल्क्य ने अपनी पत्नी मैत्रेयी को परमात्मा के संबंध में उपदेश दिया है। पांचवे में ब्रह्म और प्रजापति, तीनों वेद और गायत्री का वर्णन है। छठे अध्याय में क्षत्रिय राजा जैनलि से आरुणि को ब्रह्म का ज्ञान कराया गया है। उस ज्ञान से याज्ञवल्क्य को परिचित कराते हुए आरुणि ने कहा, 'सूखे काठ को भी यदि ऐसा अमृतमय उपदेश दिया जाए, तो उसमें भी टहनियां और पत्ते निकल आएं।'

कौषीतकिउपनिषद् : यह ऋग्वेद के कौषीतकि या शांखायन आरण्यक से संबंधित है। इसी आरण्यक के तीसरे, चौथे, पांचवें और छठे अध्यायों का नाम 'कौषीतकि उपनिषद्' है। इस उपनिषद् के प्रथम अध्याय में चित्र गार्ग्याणि नामक क्षत्रिय राजा ने उद्दालक आरुणि नामक विद्वान् ब्राह्मण को परलोक के बारे में उपदेश दिया है। दूसरे अध्याय

में महाप्राण अर्थात् परब्रह्म का और पिता-पुत्र के स्नेह संबंध का ब्यौरा है। तीसरे में इंद्र ने काशिराज दिवोदास को प्राण और ज्ञान का उपदेश दिया है। चौथे अध्याय में अजातशत्रु ने बालाकि नाम के ब्राह्मण को परब्रह्म की शिक्षा दी है।

ये वे प्रमुख उपनिषदें हैं, जो बहुत ही प्रसिद्ध और लोकप्रिय हैं। इस संपदा का अध्ययन हमारे लिए आज बहुत आवश्यक हो गया है। आज जो धर्म-विमुखता है, वह बहुत हद तक आध्यात्मिक जीवन पर कट्टरपंथी रीति-रिवाजों के हावी हो जाने के कारण है। उपनिषदों के अध्ययन से धर्म के उन मूल तत्त्वों को, जिनके बिना धर्म अर्थहीन हो जाता है, सत्य के रूप में फिर से स्थापित करने में सहायता मिल सकती है। हमारा विश्वास है कि इस दिशा में यह पुस्तक पाठकों के लिए बहुत उपयोगी और प्रेरणा देने वाली सिद्ध होगी।

विश्वप्रकाश दीक्षित 'बटुक'

झूठा अभिमान मत करो

ऐसा प्रसिद्ध है कि सुर और असुर अर्थात् देवता और दानव आपस में लड़ते ही रहते थे। लड़ाई में देवता हार जाते। बार-बार की इस हार से परब्रह्म पुरुषोत्तम को देवताओं पर दया आई, उन्होंने कृपा कर देवताओं को शक्ति दे दी। इस शक्ति से देवताओं ने दानवों को हरा दिया। अपनी इस जीत से देवता फूले नहीं समाये। वे भूल गए कि यह जीत वास्तव में पुरुषोत्तम की थी, देवता तो निमित्तमात्र थे। भगवान् की महिमा को देवता अपनी महिमा मान बैठे और अभिमान के कारण यह मानने लगे कि हम बहुत शक्तिशाली हैं और हमने अपने ही बल से असुरों को हराया है। देवताओं के इस झूठे अभिमान को भगवान् ने ताड़ लिया। दयालु भगवान् ने विचार किया कि अगर देवताओं का यह अभिमान बना रहा, तो इनका पतन हो जायेगा। भला भगवान् अपने भक्तों का पतन सह सकते हैं? उन्होंने देवताओं का अभिमान भंग करने की विधि निकाल ली।

परब्रह्म पुरुषोत्तम भगवान् देवताओं के सामने एक बहुत ही अनूठे यक्ष के रूप में आकर खड़े हो गए। देवता हैरान होकर उस अद्भुत यक्ष को देखकर विचार करने लगे कि यह कौन है और यहां क्यों आया है। देवता सच्चाई को नहीं जान सके थे। यक्ष बहुत मनोहर और अद्भुत तो था ही, साथ ही बहुत विशाल भी था। उसे देखकर देवता मन-ही-मन डर गए और उसका परिचय जानने के लिए बेचैन हो उठे, लेकिन परिचय पूछने का साहस किसी को नहीं हुआ। वे एक-दूसरे का मुंह

ताकने लगे। सहसा उन्हें ध्यान आया कि देवताओं में अग्नि बहुत तेजस्वी हैं, ये वेद के अर्थों को जानने वाले हैं, संसार में जन्मे सभी पदार्थों का पता रखते हैं, सभी जगह मौजूद रहते हैं, इसलिए इन्हें ही यह काम सौंपा जाय। देवताओं ने उन्हें ही उपयुक्त ठहराकर उनसे कहा, 'हे अग्निदेव! आप कृपा कर यक्ष के निकट जाएं और पता लगाएं कि यह कौन है।' अग्निदेवता को अपनी बुद्धि पर बड़ा अभिमान था, इसलिए उन्होंने तुरन्त कहा, 'अच्छी बात है, अभी पता लगाता हूं।'

अग्नि देवता ने सोचा, इसमें कौन-सी बड़ी बात है! वे तुरन्त यक्ष के पास जा पहुंचे। यक्ष ने अपने निकट अग्नि को खड़े देखकर पूछा, 'आप कौन हैं?'

अग्नि को यह प्रश्न अजीब लगा। उन्होंने सोचा कि मेरे तेजस्वी रूप को तो सभी जानते हैं, फिर उसने कैसे नहीं पहचाना! अग्नि ने तमककर कहा, 'मैं प्रसिद्ध अग्नि हूं, मेरा ही गौरवपूर्ण और रहस्यमय नाम जातवेदा है।'

अग्नि की घमंड से भरी बात सुनकर यक्ष रूप धारी ब्रह्म ने अनजान-सा बनकर कहा, 'अच्छा, आप अग्नि देवता हैं और जातवेदा अर्थात् सबका ज्ञान रखने वाले भी आप ही हैं? यह तो बड़ी खुशी की बात है। पर यह तो बताइए कि आपमें क्या शक्ति है? आप क्या कर सकते हैं?'

अग्नि और भी अधिक अभिमान के साथ बोले, 'मैं क्या कर सकता हूं, मेरी क्या शक्ति है, आप इसे जानना चाहते हैं? अरे, मैं चाहूं तो इस सारे भूमण्डल में आप जो कुछ भी देख रहे हैं, उस सबको जलाकर राख का ढेर बना सकता हूं।'

परब्रह्म परमेश्वर ने घमंड में भरे अग्नि की ओर देखा और मुसकराते हुए बोले, 'अच्छा, एक सूखा तिनका मैं आपके आगे डाल रहा हूं। आपमें तो सभी को जलाने की अपार शक्ति है, आप तनिक–सी शक्ति लगाकर इस सूखे तिनके को जला दीजिए।'

अग्नि को इसमें अपमान लगा, वे यक्ष की ओर घूरते हुए बड़े सहज भाव से तिनके के पास गए। उन्होंने उसे जलाना चाहा, पर वह नहीं जला। उन्होंने धीरे-धीरे करके अपनी पूरी शक्ति लगा दी, पर वह तिनका उनसे नहीं जला। जलना तो दूर थोड़ी-सी आंच ने भी उसे नहीं छुआ। छूती कैसे? अग्नि में जो जलाने की शक्ति है, वह तो शक्ति के मूल भंडार परमात्मा से प्राप्त हुई है। जब परमात्मा हर शक्ति को रोक देंगे तो वह कहां से प्राप्त होगी! अग्नि इस बात को समझ नहीं पा रहे थे और अपनी शक्ति की डींग हांक रहे थे। पर जब ब्रह्म ने अपनी शक्ति को रोक लिया, तो अग्नि से सूखा तिनका भी नहीं जल सका। अब तो अग्नि का सिर लज्जा से झुक गया। उनका सारा तेज़ फीका पड़ गया और वे अपनी हार पर दु:खी होते हुए चुपचाप देवताओं के पास लौट आए। उन्होंने कहा, 'मैं तो अच्छी तरह नहीं जान सका कि वह यक्ष कौन है?'

अग्नि की असफलता पर देवता बड़े हैरान हुए। अब उन्होंने इस कार्य के लिए वायुदेव को चुना और उनसे प्रार्थना की, 'वायुदेव, आप जाकर इस यक्ष का पूरा पता लगाइए कि यह कौन है!' वायुदेव को भी अपनी बुद्धि और शक्ति पर बड़ा अभिमान था। बड़े उत्साह के साथ बोले, 'अच्छी बात है, अभी पता लगाता हूं।'

वायुदेव ने सोचा-अग्नि से कहीं-न-कहीं भूल हो गई होगी, नहीं तो यक्ष का पता लगाना कौन-सी बड़ी बात थी! कोई बात नहीं, इस काम का श्रेय मुझे ही मिलना था। मैं ही सफल होकर लौटूंगा। यह सोचकर वे तुरंत यक्ष के पास जा पहुंचे। उन्हें अपने सामने खड़ा देख यक्ष ने पूछा, 'आप कौन हैं?'

वायु ने भी अपने गुण-गौरव से अकड़कर कहा, 'मैं प्रसिद्ध वायु हूं। मेरा ही गौरवमय और रहस्यपूर्ण नाम मातरिश्वा है।'

वायु की गर्व से भरी बात सुनकर अनजान बने यक्ष ने कहा, 'ओह, आप वायुदेव हैं और मातरिश्वा अर्थात् अंतरिक्ष में बिना आधार के विचरने

वाले भी आप ही हैं? बड़ी अच्छी बात है! पर यह तो बताइए कि आप में क्या शक्ति है? आप क्या कर सकते हैं?'

वायुदेव ने बड़ी अकड़ के साथ उत्तर दिया, 'मैं चाहूं,तो इस सारे भू-मंडल में आप जो कुछ भी देख रहे हैं, उस सबको बिना किसी सहारे के ऊपर उठा सकता हूं और चाहूं, तो उड़ा भी सकता हूं।'

यक्ष ने मुसकराकर वायु के सामने भी वही सूखा तिनका डालकर कहा, 'आप तो सभी को उड़ाने की अपार शक्ति रखते हैं, तनिक-सी शक्ति लगाकर इस सूखे तिनके को उड़ा दीजिए।'

वायु को बड़ा बुरा लगा। वह अकड़ते हुए तिनके की ओर बढ़े। उसे उड़ाने के लिए पूरी शक्ति लगा दी, पर वह टस-से-मस न हुआ। अन्त में हारकर लज्जित हुए वायुदेव भी देवताओं के पास लौट आए और अपनी असफलता पर सिर झुकाए रहे।

जब अग्नि और वायु सरीखे अपार शक्तिशाली और बुद्धिमान देवता असफल होकर लौट आए और उन्होंने कोई कारण भी नहीं बताया, तब देवताओं ने विचार करके स्वयं देवराज इन्द्र को इस कार्य के लिए चुना। देवताओं ने इन्द्र से विनती की, 'हे महान् बलशाली देवराज! आप ही कृपाकर जाइए और पूरा पता लगाइए कि यह यक्ष कौन है? आपके सिवा किसी दूसरे में इस काम को पूरा करने की शक्ति दिखाई नहीं देती।'

इन्द्र ने देवताओं की प्रार्थना मान ली और 'बहुत अच्छा' कहकर तुरंत यक्ष के पास जा पहुंचे। परन्तु इन्द्र के वहां पहुंचते ही यक्ष उनके सामने से अन्तर्धान हो गया। यह एक अजीब घटना थी। इन्द्र में देवताओं से कहीं अधिक अभिमान था, किन्तु अन्य सब प्रकार से वे अधिकारी ही थे। यक्ष रूपधारी ब्रह्म ने विचार किया कि इन्द्र से सीधे वार्तालाप तो नहीं किया जा सकता, लेकिन इन्हें ब्रह्म तत्त्व का ज्ञान कराना आवश्यक है, वे इसके अधिकारी हैं। यह सोचकर ब्रह्म ने एक माया रची।

यक्ष के अन्तर्धान हो जाने पर भी इन्द्र वहीं खड़े रहे, अग्नि और

वायु की तरह विवश होकर लौटे नहीं। कुछ विचार कर ही रहे थे कि इतने ही में इन्द्र ने देखा कि जहां वह अद्‌भुत यक्ष खड़ा था, ठीक उसी जगह एक अत्यन्त सुन्दर सुकुमारी नारी खड़ी थी। वह और कोई नहीं थी, दयालु पुरुषोत्तम ने ही इन्द्र पर कृपा करने के लिए उमा रूप में साक्षात् ब्रह्मविद्या को भेजा था। उमा को पहचानकर इन्द्र उनके पास चले गए और भक्तिपूर्वक उनसे बोले, 'भगवती, आप सब कुछ जानने वाले शंकर की स्वरूपा-शक्ति हैं, इसलिए आपको अवश्य ही सब बातों का पता है। कृपा कर मुझे बताइए कि वह अद्‌भुत यक्ष, जो दर्शन देकर तुरंत ही छिप गया, वास्तव में कौन है और यहां किसलिए प्रकट हुआ था?'

देवराज इन्द्र के पूछने पर भगवती उमा ने कहा, 'इन्द्र, तुम जिस अद्‌भुत यक्ष को देख रहे थे और जो इस समय अन्तर्धान हो गया है, वह और कोई नहीं, साक्षात् परब्रह्म परमेश्वर ही हैं। तुम देवताओं ने जो असुरों पर विजय प्राप्त की है, यह ब्रह्म की शक्ति से ही की है, इसलिए वास्तव में यह विजय ब्रह्म की ही विजय है। तुम लोग तो इसमें निमित्त-मात्र थे, परन्तु तुम लोगों ने ब्रह्म की इस विजय को अपनी विजय मान लिया और अपनी महिमा में चूर हो गए। यह तुम्हारा झूठा घमंड था। परमात्मा ने तुम्हारे झूठे घमंड का नाश करने के लिए तुम्हारे कल्याण की इच्छा से यक्ष का रूप धारण किया और अग्नि तथा वायु को उनकी असफलता के लिए उनके अभिमान को कारण बताकर उन्हें लज्जित कर लौटा दिया। उन्होंने ही मुझे तुम्हें वास्तविक ज्ञान का उपदेश देने के लिए भेजा है। मेरा इतना ही कहना है कि तुम अपनी स्वतन्त्र शक्ति के सारे अभिमान का त्यागकर, उन्हीं परमेश्वर की शक्ति और महिमा को समझो, जिनके कारण तुम शक्तिमान और महिमाशाली बने हो। सपने में भी यह विचार मत करो कि ब्रह्म की शक्ति के बिना अपनी स्वतंत्र शक्ति से कोई भी कुछ कर सकता है।'

इस प्रकार उमा से ज्ञान प्राप्त कर और परमेश्वर की सत्ता को समझकर

इन्द्र लौट आए। इन्द्र ने लौटकर अग्नि तथा वायु को ब्रह्म के स्वरूप का ज्ञान कराया और उन्होंने देवताओं को ब्रह्म का स्वरूप समझाया।

इस कथा के द्वारा एक तो यह बताया गया है कि अपनी शक्ति का मिथ्याभिमान नहीं करना चाहिए। प्रभु ही सबसे ऊपर हैं। दूसरे यह बताया गया है कि धैर्य के साथ ब्रह्मज्ञान प्राप्त करने वाला ही श्रेष्ठ है।

–'केनोपनिषद्' से

आत्मज्ञान का यात्री : नचिकेता

कई हज़ार वर्ष पहले की बात है। गौतमवंश में महात्मा वाजश्रवा हुए। इन्होंने पुत्र के दान से यश प्राप्त किया था, इसीलिए वाजश्रवा कहलाये। वाज का अर्थ है पुत्र और श्रव का अर्थ है, उसके दान से प्राप्त यश। इनके पुत्र हुए महर्षि अरुण, अरुण के पुत्र हुए उद्दालक ऋषि। इन्होंने फल की कामना से विश्वजित नामक एक महान् यज्ञ किया। इस यज्ञ में सर्वस्व दान करना पड़ता है। उन दिनों गो-धन ही प्रधान था। उद्दालक के घर में गो-धन की ही अधिकता थी। उन्होंने यज्ञ के उपरांत अपना सारा धन यज्ञ के प्रमुख कर्त्ताओं और सदस्यों को दान कर दिया।

उद्दालक ऋषि के पुत्र का नाम था नचिकेता। नियमानुसार दक्षिणा में दान करने के लिए जब गौएं लाई जा रही थीं, तो बालक नचिकेता ने उन्हें देखा। गाएं बहुत ही दुर्बल और दयनीय दशा में थीं। बालक नचिकेता का हृदय बहुत ही कोमल और भावुक था। गौओं की दयनीय दशा देखकर वह आकुल हो उठा। वह विचार करने लगा, 'पिता जी ये कैसी गौएं दक्षिणा में दे रहे हैं? अब इनमें न तो झुककर जल पीने की शक्ति रही है, न ही इनके मुख में घास चबाने के लिए दांत रह गए हैं और न इनके थनों में तनिक-सा दूध ही बचा है। और तो और इनमें गर्भ धारण करने तक की शक्ति नहीं रह गई है। भला ऐसी बेकार और मृत्यु के निकट पहुंची हुई गौएं जिन ब्राह्मणों के घर जाएंगी, उनको दु:ख के सिवाय और क्या देंगी? दान तो उसी वस्तु का करना चाहिए,

जो अपने को सुख देने वाली हो, प्रिय हो, उपयोगी हो तथा वह जिनको दी जाए उन्हें भी सुख और लाभ पहुंचाने वाली हो। दुःख देने वाली बेकार वस्तुओं को दान के नाम पर देना तो दान के बहाने से अपनी मुसीबत टालना है और दान लेने वालों को धोखा देना है। इस प्रकार के दान से पिता जी को क्या सुख और क्या फल मिलेगा? पिताजी ने तो सर्वस्व दान करने वाला यज्ञ किया है, फिर मेरे नाम पर उपयोगी गौएं क्यों रख ली हैं? क्या सर्वस्व में ये गौएं नहीं हैं?.... और मैं भी तो सर्वस्व में ही हूं, मुझको तो इन्होंने दान में दिया ही नहीं? यह कैसा सर्वस्व दान है? मैं अपने पिता का प्यारा पुत्र हूं, इसलिए मैं अपने पिता को इस अन्यायपूर्ण काम से और इसके बुरे परिणाम से बचाने के लिए अपना बलिदान दूंगा। यही मेरा धर्म है।'

ऐसा निश्चय करके नचिकेता ने अपने पिता से कहा, 'पिता जी, मैं भी तो आपका धन हूं। आप मुझे किसे देंगे?' पिता ने कोई उत्तर नहीं दिया, उसने फिर पूछा, 'पिता जी, मुझे किसको देंगे?' इस बार भी पिता ने पुत्र के प्रश्न की उपेक्षा की। पुत्र का कर्त्तव्य जानने वाले नचिकेता से नहीं रहा गया। उसने तीसरी बार फिर वही प्रश्न दोहराया।

बार-बार के प्रश्न से उद्दालक ऋषि को क्रोध आ गया। उन्होंने आवेश में आकर कहा, 'मैं तुझे यम को दूंगा!'

पिता के वचन सुनकर नचिकेता मन-ही-मन विचार करने लगा, 'आखिर पिता जी ने इतनी कठोर बात कैसे कह दी? जितना आज तक मैं जान पाया हूं उसके अनुसार शिष्यों और पुत्रों की तीन श्रेणियां होती हैं–उत्तम, मध्यम और अधम। जो गुरु या पिता की इच्छा को समझकर उनकी आज्ञा की प्रतीक्षा किये बिना ही उनकी रुचि के अनुसार कार्य करने लगते हैं, वे उत्तम हैं। जो आज्ञा पाने पर कार्य करते हैं, वे मध्यम हैं और जो इच्छा जान लेने एवं स्पष्ट आदेश सुन लेने पर भी उसके अनुसार कार्य नहीं करते वे अधम हैं। मैं बहुत-से शिष्यों में तो प्रथम श्रेणी का हूं और कुछ में मध्यम श्रेणी का, किन्तु अधम श्रेणी का तो

किसी भी दशा में नहीं हूं। आज्ञा मिले और सेवा न करूं, ऐसा तो मैंने कभी किया ही नहीं, फिर पता नहीं, पिता जी ने मेरे लिए ऐसी बात कैसे कह दी? यमराज का भी ऐसा कौन-सा काम अटका होगा, जिसे पिता जी आज मुझे उन्हें देकर पूरा कराना चाहते हैं? हो सकता है, पिता जी ने यह बात क्रोध में ही कह दी हो। जो कुछ भी हो, पिता जी का वचन तो सत्य करना ही चाहिए।'

इधर तो नचिकेता इस प्रकार सोच रहा था। उधर उसके पिता एकान्त में बैठे शांतिपूर्वक चिन्तन में लीन थे। पिता का एकान्त में बैठना नचिकेता को भला न लगा। उसने विचार किया, शायद पिता जी अपने वचनों पर पाश्चात्ताप कर रहे हैं। वह उठा और पिता के पास जाकर उन्हें धैर्य दिलाता हुआ कहने लगा, 'पिता जी! अपने पूर्वजों के आचरण की ओर देखिए और वर्तमान दूसरे श्रेष्ठ पुरुषों के आचरण को देखिए। उन सबके चरित्र में न पहले कभी असत्य था, न अब है। जो साधु पुरुष नहीं हैं, वे ही असत्य का आचरण करते हैं, परन्तु उस असत्य से कोई अजर-अमर नहीं हो जाता। मनुष्य तो एक दिन मरता ही है। वह अन्त की भांति जरा-जीर्ण होकर मर जाता है और अन्त की भांति ही पुनः समय पाकर जन्म ले लेता है। ऐसी दशा में इस नाशवान् जीवन के लिए मनुष्य को कभी कर्त्तव्य का त्याग करके मिथ्या आचरण नहीं करना चाहिए। आप चिन्ता का त्याग कर दें और अपने वचनों को सत्य करने के लिए मुझे यमराज के पास जाने की आज्ञा दें।'

पुत्र के वचन सुनकर उद्दालक ऋषि को हर्ष और शोक दोनों ही हुए। अन्त में नचिकेता की सत्यपालन के प्रति दृढ़ता देखकर उन्होंने उसे यमराज के पास भेज दिया।

यमलोक जाकर नचिकेता को पता चला कि यमराज कहीं बाहर गए हुए हैं और तीन दिन बाद लौटेंगे। नचिकेता तीन दिन तक अन्न-जल ग्रहण किये बिना ही उनकी प्रतीक्षारत रहा। तीन दिन बाद जब यमराज लौटे तो उनकी पत्नी ने उनसे कहा, 'हे सूर्यपुत्र! हमारा कोई पुण्य उदय

हुआ है, जो साधुहृदय अतिथि हम गृहस्थ के घर पधारे हैं। ऋषिपुत्र बालक नचिकेता तीन दिन से बिना अन्न-जल ग्रहण किये आपकी प्रतीक्षा कर रहे हैं। आप तुरन्त उनके चरण धोने के लिए जल ले जाइए और अतिथि की सेवा कर उन्हें प्रसन्न तथा शान्त कीजिए। अतिथि का घर पर भूखे लेटे रहना हमारे लिए आपत्ति का कारण हो सकता है।'

पत्नी के वचन सुनकर यमराज तुरन्त नचिकेता के पास गए और जल से उसके चरण धोकर उसे प्रसन्न करते हुए बोले, 'आप मेरे माननीय अतिथि हैं। मेरा कर्त्तव्य था कि मैं यथायोग्य आपका पूजन आदि करके आपको सन्तुष्ट करता, किन्तु मेरे प्रमाद के कारण आप तीन दिन से बिना कुछ ग्रहण किये भूखे बैठे मेरी प्रतीक्षा कर रहे हैं। मुझसे यह बड़ा अपराध हो गया है। आप मुझे क्षमा करें। मेरे कल्याण के लिए आप उन तीन रात्रियों के लिए अपनी इच्छानुसार मुझसे तीन वर मांग लीजिए।'

यमराज के ऐसा कहने पर नचिकेता ने उनसे कहा, 'हे मृत्यु के देवता, तीन वरों में से पहला वर मैं यही मांगता हूं कि मेरे पिता, जो क्रोध के आवेश में मुझे आपके पास भेजकर अब अशान्त और दुःखी हो रहे हैं, मेरे प्रति क्रोधरहित, शांतचित्त और सन्तुष्ट हो जाएं और आपसे आज्ञा लेकर जब मैं घर जाऊं तब वे मुझे अपने पुत्र नचिकेता के रूप में पहचानकर मेरे साथ पहले की तरह बड़े स्नेह से बातचीत करें।'

यमराज ने प्रसन्न होकर कहा, 'जैसा तुम चाहते हो, वैसा ही होगा। तुमको मृत्यु के मुख से छूटकर घर लौटा हुआ देखकर मेरी प्रेरणा से तुम्हारे पिता बड़े प्रसन्न होंगे। तुमको अपने पुत्र रूप में पहचानकर तुमसे पहले जैसा ही प्रेम करेंगे। उनका दुःख और क्रोध भी शांत हो जाएगा। तुम्हें पाकर अब वे जीवन-भर सुख की नींद सोएंगे।'

नचिकेता ने दूसरा वरदान मांगने के लिए यमराज की ओर जिज्ञासा की दृष्टि से देखा और कहा, 'मैं स्वर्ग के सुख और निर्भयता के बारे में जानता हूं। मैं यह भी जानता हूं कि स्वर्ग में न तो किसी को बुढ़ापा

सताता है, न ही मृत्युलोक की तरह यहां किसी की मृत्यु होती है। भूख-प्यास आदि भी वहां नहीं सताती। स्वर्ग में किसी प्रकार का भी शोक नहीं है, लेकिन यह स्वर्ग अग्निविज्ञान को जाने बिना प्राप्त नहीं होता। आप अग्निविज्ञान के ज्ञाता हैं और मेरी आपमें तथा अग्निविज्ञान में श्रद्धा है। दूसरे वरदान में आप मुझे अग्निविज्ञान का उपदेश दीजिए।'

यमराज ने कहा, 'नचिकेता, अग्निविद्या बहुत ही गुप्त है। यह विद्वानों के हृदय रूपी गुफा में छिपी रहती है। इसे अधिकारी को ही बताना चाहिए। तुम अधिकारी हो अतः ध्यान लगाकर समझ लो।'

यह कहकर यमराज ने नचिकेता को अग्निविद्या का रहस्य समझाया और अग्नि के लिए कुण्ड निर्माण आदि में किस आकार की, कैसी और कितनी ईंटें चाहिए तथा अग्नि का चुनाव किस प्रकार किया जाना चाहिए यह भी भली भांति समझाया। इसके बाद नचिकेता की बुद्धि तथा स्मरण–शक्ति की परीक्षा के लिए यमराज ने उससे पूछा कि तुमने जो कुछ समझा हो, वह मुझे सुनाओ। नचिकेता ने सब ज्यों-का-त्यों सुना दिया। यमराज नचिकेता की प्रतिभा और स्मरण-शक्ति से बहुत ही प्रसन्न हुए और बोले, 'तुम्हारी अद्‍भुत योग्यता देखकर मुझे बड़ी प्रसन्नता हुई है, इससे अब मैं एक वर और बिना मांगे ही देता हूं। वह यह है कि यह अग्नि, जिसका गुप्त रहस्य मैंने तुम्हें बताया है, तुम्हारे ही, नाम से प्रसिद्ध होगी। और साथ ही यह लो, मैं तुम्हें तुम्हारे देवत्व की सिद्धि के लिए यह अनेक रूपों वाली विविध यज्ञविज्ञान रूपी रत्नों की माला देता हूं। इसे स्वीकार करो।'

माला को सहर्ष स्वीकार कर नचिकेता ने तीसरा वर मांगा, 'भगवन्, कुछ लोग कहते हैं कि मृत्यु के बाद भी आत्मा का अस्तित्व रहता है और कुछ लोग कहते हैं कि नहीं रहता, इस बारे में आपका जो अनुभव हो, मुझे बताइए।

नचिकेता का महत्त्वपूर्ण प्रश्न सुनकर यमराज ने मन-ही-मन उसकी सराहना की। सोचा कि यह ऋषिकुमार बालक होने पर भी बड़ा

प्रतिभाशाली है, कैसे गोपनीय विषय को जानना चाहता है, परन्तु आत्मतत्त्व उपयुक्त अधिकारी को ही बताना चाहिए। इसलिए क्यों न पहले इसकी परीक्षा कर ली जाए। ऐसा सोचकर यमराज ने आत्मतत्त्व की कठिनता बताकर उसे टालना चाहा और कहा, 'नचिकेता, यह आत्मतत्त्व बहुत ही सूक्ष्म विषय है। इसे समझना आसान नहीं है। पहले देवताओं को भी इस विषय में सन्देह हुआ था, उनमें भी इसे लेकर बहुत विचार-विमर्श हुआ था, परन्तु वे भी आत्मतत्त्व को जान नहीं पाए। इसलिए तुम इस वर के बदले कोई दूसरा वर मांग लो।'

नचिकेता आत्मतत्त्व की कठिनता की बात सुनकर तनिक भी नहीं घबराया, उसका उत्साह भी मंद नहीं पड़ा, वह और भी दृढ़ता के साथ बोला, 'हे मृत्युदेव! पूर्वकाल के देवता भी इस विषय पर वाद-विवाद कर इसे नहीं जान पाए और आप भी कहते हैं कि यह विषय आसान नहीं है, बड़ा ही सूक्ष्म है। दोनों बातों से यह सिद्ध है कि आत्मतत्त्व बड़े ही महत्त्व का विषय है और ऐसे महत्त्वपूर्ण विषय को समझाने वाला आपके समान अनुभवी वक्ता मुझे खोजने पर भी कोई नहीं मिल सकता। आप कहते हैं, इसके बदले कोई दूसरा वर मांग लो, परन्तु मैं तो समझता हूं कि इसी तुलना का दूसरा कोई वर है ही नहीं। इसलिए कृपापूर्वक मुझे इसी का उपदेश दीजिए।'

विषय की कठिनता से नचिकेता नहीं घबराया, वह अपने निश्चय पर अडिग रहा। इस एक परीक्षा में वह उत्तीर्ण हो गया। अब यमराज ने दूसरी परीक्षा के रूप में उसके सामने तरह-तरह के प्रलोभन रखने की बात सोची और कहा, 'नचिकेता, तुम बड़े भोले हो, क्या करोगे इस वर को लेकर? इसके बदले में मैं तुम्हें अपरम्पार सुख की सामग्री देता हूं। सौ-सौ वर्ष जीने वाले पुत्र-पौत्र आदि बड़े परिवार को मांग लो। गौ आदि बहुत-से पशु, हाथी, घोड़े, बेशुमार सोना, विशाल भूमंडल का महान् साम्राज्य, जो चाहो मांग लो, मैं तुम्हें दूंगा। इन सबको भोगने

के लिए जितने वर्षों तक जीने की इच्छा हो, उतने ही वर्षों तक जीते रहो। यदि तुम अपार धन-सम्पत्ति, लम्बे जीवन के लिए उपयोगी सुख-सामग्रियां अथवा और भी जितने भोग मनुष्य भोग सकता है, उन सबको मिलाकर उस आत्मतत्त्व विषयक वर के समान समझते हो तो इन सबको मांग लो। तुम इस विशाल भूमि के सम्राट् बन जाओ। मैं तुम्हें सारे भोगों को इच्छानुसार भोगने वाला बनाये देता हूं।'

यमराज अपनी चतुराई से जितना भी आत्मतत्त्व के महत्त्व को बढ़ा सकते थे, बढ़ाते जा रहे थे। नचिकेता भी अपने निश्चय पर दृढ़ बना वही वर मांगता रहा। यमराज ने स्वर्ग के अनूठे भोगों का लालच देते हुए कहा, 'नचिकेता, जो-जो भोग मृत्युलोक में दुर्लभ हैं, उन सबको तुम अपनी इच्छा के अनुसार मांग लो। ये रथों और तरह-तरह के संगीत से पूर्ण जो स्वर्ग की सुंदरियां हैं, ऐसी सुंदरियां मनुष्यों को कहीं नहीं मिल सकतीं। बड़े-बड़े ऋषि-मुनि इनके लिए ललचाते रहते हैं। मैं तुम्हें यह सब बड़ी आसानी से दे रहा हूं। तुम इन्हें ले जाओ और इनसे अपनी सेवा कराओ, लेकिन नचिकेता, आत्मा के सम्बन्ध में प्रश्न मत पूछो।'

यमराज शिष्य पर स्वभाव से ही दया करने वाले महान् अनुभवी आचार्य हैं। इन्होंने नचिकेता के अधिकारी होने की परीक्षा तो ली ही साथ ही भय और लालच देकर, जैसे खंभे को हिला-हिलाकर मजबूत किया है, वैसे ही नचिकेता के निश्चय को और भी दृढ़ किया। नचिकेता प्रतिभा वाला तथा वैराग्य की भावना से पूर्ण हृदय वाला था, वह जानता था कि इस लोक और परलोक के बड़े-से-बड़े भोग-सुख की आत्मज्ञान के सुख के किसी छोटे-से-छोटे अंश के साथ भी तुलना नहीं की जा सकती, इसलिए उसने अपने निश्चय का बड़ी युक्ति के साथ समर्थन करते हुए यमराज से कहा, 'हे सबका अन्त करने वाले यमराज! आपने जिन भोग करने योग्य वस्तुओं की महिमा के पुल बांधे हैं, ये सभी शीघ्र नष्ट होने वाली हैं। कल तक रहेंगी या नहीं, इसमें भी सन्देह

है। इनसे मिलने वाला सुख वास्तव में सुख नहीं है, वह तो दुःख ही है। भोगी जाने वाली ये वस्तुएं कोई लाभ तो देती ही नहीं, बल्कि मनुष्य की इन्द्रियों के तेज और धर्म को भी हर लेती हैं। आपने जो दीर्घ जीवन देना चाहा है, वह भी अनन्तकाल की तुलना में बहुत ही कम है। जब ब्रह्मा आदि देवताओं का जीवन भी थोड़े समय का है, एक दिन उन्हें भी मरना पड़ता है, तब औरों की तो बात ही क्या है? इसलिए मैं यह सब नहीं चाहता। ये अपने हाथी-घोड़े, रथ और सुन्दरियां और इनके नाच-गान आप अपने पास ही रखें।

आप जानते ही हैं, धन से मनुष्य की कभी तृप्ति नहीं होती। आग में घी या ईंधन डालने से जैसे आग ज़ोरों से भड़कती है, उसी तरह धन तथा भोगों की प्राप्ति से भोग की इच्छा और भी प्रबल होती है। तृप्ति का वहां क्या काम? वहां तो दिन-रात अधूरेपन और अभाव की आग में ही जलना पड़ता है। ऐसे दुःखमय धन और भोगों को कोई भी बुद्धिमान पुरुष नहीं मांग सकता। मुझे अपने जीवन-निर्वाह के लिए जितने धन की आवश्यकता होगी, उतना तो आपके दर्शन से ही मिल जाएगा। रही दीर्घजीवन की बात सो जब तक मृत्यु आपके हाथ में है, तब तक मुझे मरने का भी भय नहीं। यह सब जानकर मुझे दूसरा कोई वर मांगने वाली बात उचित नहीं मालूम होती। मेरी तो यही प्रार्थना है कि आप मुझे आत्मतत्त्व के ज्ञान का वर ही दें, मैं उसे किसी दूसरे वर से बदलना नहीं चाहता।

'हे यमराज, आप ही बताइए, भला आप जैसे अजर-अमर महात्मा देवता स्वरूप का दुर्लभ संग पाकर मृत्युलोक का ऐसा कौन बुद्धिमान मनुष्य होगा, जो स्त्रियों के सौन्दर्य, क्रीड़ा और आमोद-प्रमोद में आसक्त होकर उनकी ओर देखेगा! और इस लोक में लम्बे समय तक जीते रहने में सुख मानेगा? हे महात्मन्, मुझे तो आप अपना अनुभवसिद्ध आत्मतत्त्व ही समझाएं। वह चाहे कितना ही गूढ़ हो, पर आपके इस शिष्य को उसके सिवा और कुछ नहीं चाहिए।'

इस प्रकार परीक्षा करके जब यमराज ने समझ लिया कि नचिकेता पक्के इरादे वाला, परम वैराग्यवान् और निर्भय है, इसीलिए ब्रह्मविद्या का उत्तम अधिकारी है, तब ब्रह्मविद्या का आरंभ करने से पहले उसका महत्त्व बताते हुए बोले, 'मनुष्य-शरीर दूसरी योनियों की भांति केवल कर्मों का फल भोगने के लिए नहीं मिला है। इस शरीर को पाकर मनुष्य भविष्य में सुख देने वाले साधन की साधना भी कर सकता है। सुख के दो साधन हैं, श्रेय और प्रेय। सदा के लिए सब प्रकार के दुःखों से भली प्रकार छूटकर नित्य आनंदरूप परब्रह्म पुरुषोत्तम को पाने का उपाय ही श्रेय कहलाता है। स्त्री, पुत्र, धन, मकान, सम्मान, यश आदि इस लोक का और स्वर्ग लोक की जितनी भी सुख-भोग की सामग्रियां हैं, उनकी प्राप्ति का उपाय प्रेय कहलाता है। सच्चा सुख चाहने वाले मनुष्य श्रेय की साधना करते हैं, श्रेय विद्या रूप साधन है और प्रेय अविद्या रूप। जिसकी भोगों में आसक्ति है, वह प्रेय (अविद्या) को अपनाता है, वह कल्याण-साधन में आगे नहीं बढ़ सकता और जो कल्याण के रास्ते पर चलना चाहता है, वह विद्या रूप श्रेय की साधना करता है, वह भोगों की ओर दृष्टि ही नहीं डालता। वह सब प्रकार के भोगों को दुःख-रूप मानकर उनको पूरी तरह छोड़ देता है।'

इसके बाद यमराज ने कहा, 'हे नचिकेता, तुम निश्चय ही विद्या के अभिलाषी हो। तुम्हारी परीक्षा करके मैंने अच्छी तरह देख लिया कि तुम बड़े बुद्धिमान्, विवेकी और वैराग्यवान् हो। जो अपने को बहुत बड़े चतुर, विवेकी और तर्क देने वाले समझते हैं, वे लोग भी जिस चमक-दमक वाली सम्पत्ति के मोहजाल में फंस जाया करते हैं, उसे भी तुमने स्वीकार नहीं किया। तुम सचमुच परमात्मतत्त्व को जानने के अधिकारी हो।'

इसके पश्चात् यमराज ने नचिकेता को आत्म तथा परमात्मतत्त्व समझाया। उसका सारांश इस प्रकार है:

कर्मों के फलस्वरूप इस लोक और परलोक के भोग समूह की

जो निधि मिलती है, वह चाहे कितनी ही महान् क्यों न हो, एक दिन उसका नाश निश्चित है, इसलिए वह अनित्य है। इसके विपरीत परमात्मा नित्य है। अनित्य पदार्थों से नित्य की प्राप्ति नहीं हो सकती। अतः सब प्रकार की कामना और आसक्ति को छोड़कर कर्त्तव्य बुद्धि से ही परमात्मा को जाना जा सकता है। परमात्मा नामरहित होते हुए भी अनेक नामों से पुकारा जाता है। इन नामों में 'ओ३म्' सर्वश्रेष्ठ है। ब्रह्म कहो, चाहे परब्रह्म कहो, सब 'ओ३म्' रूप है। आत्मतत्त्व को पहचानकर 'ओ३म्' के माध्यम से परमात्मतत्त्व तक पहुंचा जा सकता है। आत्मतत्त्व अविनाशी है। न वह मरता है, न किसी को मारता है। यह आत्मतत्त्व ही परमात्मतत्त्व को प्राप्त होता है।

परमेश्वर न तो उनको मिलते हैं, जो शास्त्रों को पढ़-सुनकर लच्छेदार भाषा में परमात्मतत्त्व का भांति-भांति से वर्णन करते हैं, न उन तर्कशील बुद्धिवादियों को ही मिलते हैं, जो बुद्धि का घमंड करते हुए तर्क द्वारा विवेचन करके उसे समझने की चेष्टा करते हैं, न उनको ही मिलते हैं, जो परमात्मा के बारे में बहुत कुछ सुनते रहते हैं। वे तो उसी को प्राप्त होते हैं जिसको वे स्वयं स्वीकार कर लेते हैं और वे उसी को स्वीकार करते हैं, जो उनके बिना नहीं रह सकता और उनके लिए उत्कट इच्छा रखता है तथा जो उनकी कृपा पर निर्भर करता है।

स्मरण रहे, जो मनुष्य बुरे आचरणों से घृणा करके उनका त्याग नहीं कर देता, जिसका मन परमात्मा को छोड़कर दिन-रात सांसारिक भोगों में भटकता रहता है, परमात्मा पर विश्वास न होने के कारण जो सदा अशान्त रहता है, जिसने मन, बुद्धि और इन्द्रियों को वश में नहीं कर रखा है, वह परमात्मतत्त्व को प्राप्त नहीं कर सकता। परमात्मतत्त्व की प्राप्ति के लिए एकाग्रता, श्रद्धा और प्रीति की परमावश्यकता है।

परमात्मा लोक-परलोक अर्थात् समस्त ब्रह्माण्ड में व्याप्त है। वह अपनी अचिन्त्य शक्ति से नाना रूपों में प्रकट होता है। यह सारा जगत्

बाहर-भीतर उस एक परमात्मा से ही व्याप्त होने के कारण उसी का स्वरूप है। जगत् में परमात्मा से भिन्न कुछ भी नहीं है। जो व्यक्ति भिन्नता की झलक देखता है, वही बार-बार जन्मता-मरता रहता है।

नचिकेता ने आत्म-परमात्मतत्त्व को श्रद्धापूर्वक सुना और जन्म-मरण के बन्धन से मुक्त होकर, विकाररहित और शुद्ध होकर परब्रह्म परमेश्वर को प्राप्त हो गया।

नचिकेता के चरित्र से यह स्पष्ट है कि कार्य चाहे छोटा हो, चाहे बड़ा उसमें आदर्श और उत्कृष्टता का महत्त्व है। चरित्र की दृढ़ता, जानने की इच्छा और सांसारिक सुखों का त्याग आत्मज्ञान की सीढ़ी है।

–'कठोपनिषद' से

पिप्पलाद ऋषि द्वारा छः प्रश्नों का उत्तर

प्राचीनकाल में भरद्वाज के पुत्र सुकेश, शिवि के पुत्र सत्यकाम, गर्नगोत्र में उत्पन्न सौर्यायणी, कोसलदेशं के आश्वलायन, विदर्भ देश के भार्गव और कबन्धी नामक छः ऋषि श्रद्धापूर्वक वेदों के अनुकूल आचरण करते थे। एक बार ये छहों ऋषि परब्रह्म परमेश्वर के बारे में जानने की इच्छा लेकर एकसाथ, आपस में हिल-मिलकर श्रेष्ठ गुरु की खोज में चले। इन्होंने सुन रखा था कि पिप्पलाद ऋषि परब्रह्म परमेश्वर के बारे में सब कुछ जानते हैं, अतः यह सोचकर कि वे हमारी जिज्ञासा शान्त कर देंगे, छहों ऋषि जिज्ञासु के वेश में हाथों में समिधा लेकर महर्षि पिप्पलाद की सेवा में उपस्थित हुए। उन्हें अपना परिचय दिया और अपनी जिज्ञासा प्रकट की। छहों ऋषियों को परब्रह्म की जिज्ञासा से अपने पास आया देखकर महर्षि पिप्पलाद ने उनसे कहा, 'तुम लोग तपस्वी हो, तुमने ब्रह्मचर्य का पालन करते हुए समस्त अंगों सहित (वेद के छः अंग हैं–शिक्षा, छन्द, व्याकरण, निरुक्त, कल्प और ज्योतिष) वेदों का अध्ययन किया है, फिर भी मेरे आश्रम में रहकर पुनः एक वर्ष तक श्रद्धापूर्वक ब्रह्मचर्य का पालन करते हुए तप करो। उसके बाद तुम लोग

जो चाहो, मुझसे प्रश्न करना। यदि तुम्हारे पूछे हुए विषय का मुझे ज्ञान होगा, तो मैं निश्चय ही तुम्हें सब कुछ अच्छी तरह समझा दूंगा।'

महर्षि की आज्ञा को सिर-आंखों पर लेकर वे छहों ऋषि श्रद्धा, ब्रह्मचर्य और तपस्या के साथ उनके आश्रम में निवास करने लगे। गुरु के यहां अध्ययन करने वाले शिष्य अपने गुरु, सहपाठी तथा मानव-मात्र का कल्याण चाहते हुए परमात्मा से जो प्रार्थना करते हैं, वे ऋषि भी वही प्रार्थना किया करते, 'हे प्रभु, हम अपने कानों से शुभ वचन ही सुनें; निन्दा, चुगली, गाली या दूसरी पाप की बातें हमारे कानों में न पड़े और हमारा अपना जीवन भगवान् की आराधना में ही लगे। न केवल कानों से सुनें, नेत्रों से भी हम सदा कल्याण का ही दर्शन करें, किसी अमंगलकारी या पतन की ओर ले जाने वाले दृश्यों की ओर हमारी दृष्टि न जाए। हमारी आयु भोग-विलास या प्रमाद में न बीते।'

महर्षि की देख-रेख में संयमपूर्वक रहकर एक वर्ष तक उन्होंने त्यागमय जीवन बिताया। उसके बाद वे सब पुनः पिप्पलाद ऋषि के पास गए। सबसे पहले कल्प ऋषि के पोते कबन्धी ने श्रद्धा और विनयपूर्वक पूछा, 'भगवन्, जिससे ये सारे जड़-चेतन जीव तरह-तरह के रूपों में उत्पन्न होते हैं, जो इनका कारण रूप है, वह कौन है?'

कबन्धी ऋषि का यह प्रश्न सुनकर महर्षि पिप्पलाद ने कहा, 'दो प्रधान तत्त्व हैं–रथि और प्राण। रथि को आकृति और प्राण को चेतना कहते हैं। इन दोनों के संयोग से ही सृष्टि का सारा कार्य पूरा होता है। इन्हीं दो तत्त्वों को अग्नि और सोम अथवा प्रकृति और पुरुष कहा गया है। अधिक जानने के लिए यों समझो कि रथि चन्द्रमा है, प्राण सूर्य है। स्थूल शरीरों का पोषण चन्द्रमा से होता है, सूर्य चेतना-शक्ति प्रदान करने वाला जीवन दाता है। सूर्य और चन्द्रमा ये दोनों शक्तियां हमारे

शरीरों में प्रत्येक अंग-प्रत्यंग में व्याप्त हैं। जीवन-शक्ति का सम्बन्ध सूर्य से है और मांस, मेद आदि स्थूल पदार्थों का सम्बन्ध चन्द्रमा से है। प्राणियों के शरीर में अन्न आदि भोजन को पचाने वाली जठराग्नि, जिसे वैश्वानर भी कहते हैं, सूर्य का ही अंश है। जो प्राण अपान, समान, व्यान और उदान नामक प्राण हैं, वे भी सूर्य के ही अंश हैं। सभी रंग और आकृतियां सूर्य से उत्पन्न और प्रकाशित हैं। सूर्य ही सबका उत्पत्ति स्थान है और सबकी जीवन ज्योति का मूल है। जगत् में गर्मी, प्रकाश फैलाना, सबको जीवन प्रदान करना, ऋतुओं का परिवर्तन करना आदि सूर्य का ही काम है।

सूर्य और चन्द्रमा परमेश्वर का ही रूप है। वही परब्रह्म है। जिनमें कुटिलता का लेश भी नहीं है, जो सपने में भी झूठ नहीं बोलते, जो राग-द्वेष, छल-कपट आदि से दूर रहते हैं, वे ही परब्रह्म को समझ पाते हैं।

विदर्भ देश के भार्गव ने महर्षि पिप्पलाद से प्रश्न किया, 'प्राणियों के शरीर को धारण करने वाले कुल कितने देवता हैं? उनमें से कौन-कौन इसको प्रकाशित करने वाले हैं और इन सबमें अत्यन्त श्रेष्ठ कौन है?'

महर्षि पिप्पलाद ने कहा, 'सबका आधार तो आकाश रूप देवता ही है, परन्तु उससे उत्पन्न होने वाले वायु, अग्नि, जल और पृथ्वी ये चारों महाभूत भी शरीर को धारण किये रहते हैं। यह स्थूल शरीर इन्हीं से बना है। वाणी आदि पांच कर्मेन्द्रियां, नेत्र और कान आदि पांच ज्ञानेन्द्रियां तथा मन आदि अन्त:करण, ये चौदह देवता इस शरीर के प्रकाशक हैं। प्राण सबमें श्रेष्ठ हैं। प्राण के बिना शरीर का अस्तित्व ही नष्ट हो जाता है, अतः प्राण श्रेष्ठ है।

इसके बाद कोसलदेश के आश्वलायन ने महर्षि पिप्पलाद से ऐसा

प्रश्न पूछा, जिसमें एक साथ छः प्रश्न जुड़े थे–'1. प्राण किससे उत्पन्न होता है? 2. प्राण देह में कैसे प्रवेश करता है? 3. अपने-आप को बांटकर वह देह में किस प्रकार स्थित रहता है? 4. एक शरीर को छोड़कर दूसरे शरीर में जाते समय पहले शरीर से किस प्रकार निकलता है? 5. इस बाहरी पांच-भौतिक जगत् को किस प्रकार धारण करता है? और 6. मन-इन्द्रिय आदि आध्यात्मिक अर्थात् भीतरी जगत् को किस प्रकार धारण करता है?'

महर्षि पिप्पलाद ने कहा, 'तुमने कठिन प्रश्न किया है, इससे तुम्हारी बुद्धिमत्ता और तर्कशीलता प्रकट होती है। वैसे जिस ढंग से तुमने प्रश्न किया है, मुझे उसका उत्तर नहीं देना चाहिए, परन्तु मैं जानता हूं कि कोरा तर्क ही तुम्हारे पास नहीं है, श्रद्धा भी साथ है और वेदों का ज्ञान भी, अतः तुम्हारे प्रश्नों का उत्तर देता हूं।

'पहले प्रश्न का उत्तर यह है कि प्राण परमात्मा से उत्पन्न हुआ है। जैसे मनुष्य की छाया उसके अधीन रहती है, वैसे ही प्राण ईश्वर के अधीन है।

'दूसरे प्रश्न का उत्तर यह है कि मरते समय प्राणों के मन में उसके कर्मानुसार जैसा संकल्प होता है उसे वैसा ही शरीर मिलता है, इसलिए प्राणों का शरीर में प्रवेश मन के संकल्प से ही होता है।

'तीसरे प्रश्न का उत्तर यह है कि जैसे कोई चक्रवर्ती सम्राट् भिन्न-भिन्न ग्राम, मंडल, जनपद आदि में अलग-अलग अधिकारियों की नियुक्ति करता है और उनका कार्य बांट देता है, इसी प्रकार यह सर्वश्रेष्ठ प्राण भी अपान व्यान आदि दूसरे प्राणों को शरीर के अलग-अलग स्थानों में अलग-अलग कार्य के लिए नियुक्त कर देता है। भली प्रकार समझ लो कि प्राण स्वयं तो मुख और नासिका द्वारा विचरता हुआ नेत्र और श्रोत (कर्णेन्द्रिय) में स्थित रहता है, किन्तु गुदा और उपस्थ में अपान

को नियुक्त करता है। अपान का काम मल-मूत्र को शरीर से बाहर निकालना है। रज-वीर्य और गर्भ इसी के द्वारा बाहर आते हैं। शरीर के मध्य भाग अर्थात् नाभि में समान वायु का निवास है। यही पचे हुए अन्न के सार को उदर से लेकर सम्पूर्ण शरीर के अंग-प्रत्यंग में समानभाव से पहुंचाता है। इस रस से पुष्ट होकर ही नेत्र, कान, नाक, मुख आदि अपना-अपना कार्य करते हैं। इस शरीर में जो हृदय प्रदेश है, जो जीवात्मा का निवास स्थान है, उसमें एक सौ मूलभूत नाड़ियां हैं! उनमें से प्रत्येक नाड़ी की एक-एक सौ शाखा-नाड़ियां हैं, और प्रत्येक शाखा-नाड़ी की बहत्तर-बहत्तर हज़ार प्रतिशाखा-नाड़ियां हैं। इस प्रकार इस शरीर में कुल बहत्तर करोड़ नाड़ियां हैं, इन सब में व्यान वायु विचरण करता है। इन नाड़ियों से अलग एक नाड़ी और है, जिसे 'सुषुम्ना' कहते हैं, यह हृदय से निकलकर ऊपर मस्तक पर गई है। उसके द्वारा उदान वायु शरीर में ऊपर की ओर विचरता है।

'चौथे प्रश्न का उत्तर इस प्रकार है, पुण्यात्माओं के शुभकर्मों का उदय होने पर उदान वायु अन्य सब प्राण और इन्द्रियों के सहित पुण्यात्मा को वर्तमान शरीर से निकालकर स्वर्ग आदि उच्च लोकों में ले जाता है। पापात्मा को उसके कर्मानुसार कूकर-शूकर आदि पाप-योनियों में अथवा नरक आदि लोकों में ले जाता है और पाप तथा पुण्य दोनों प्रकार के मिले-जुले कर्मों का फल भोगने वाले को मनुष्य शरीर में ले जाता है।

'पांचवें और छठे प्रश्न का उत्तर यह है, इस बात को भली प्रकार समझ लो कि सूर्य ही सबका बाहरी प्राण है। यह मुख्य प्राण सूर्य रूप से उदय होकर इस शरीर के बाहरी अंग-प्रत्यंगों को पुष्ट करता है और नेत्र-इन्द्रिय रूप आध्यात्मिक शरीर को देखने की शक्ति देता है। पृथ्वी में अपान वायु की शक्ति है, वह मनुष्य के भीतर रहने वाले अपान वायु

को टिकाये रखती है। यह अपान वायु की शक्ति गुदा और उपस्थ इन्द्रियों की सहायक है तथा इनके बाहरी स्थूल आकार को धारण करती है। पृथ्वी और स्वर्गलोक से बीच का जो आकाश है, वही समान वायु का बाहरी रूप है। वह इस शरीर के बाहरी अंग-प्रत्यंगों को अवकाश देकर इसकी रक्षा करता है और शरीर के भीतर रहने वाले समान वायु को विचरने के लिए शरीर में अवकाश देता है। इसी की सहायता से कर्णेन्द्रिय शब्द सुन सकती है। आकाश में विचरने वाला प्रत्यक्ष वायु ही व्यान का बाहरी रूप है, यह इस शरीर के बाहरी अंग-प्रत्यंग को गतिशील करता है, भीतरी व्यान वायु को नाड़ियों में संचारित करने तथा त्वचा-इन्द्रिय को स्पर्श का ज्ञान कराने में भी यह सहायक होता है। सूर्य और अग्नि का जो बाहरी तेज़ अर्थात् गरमाहट है, वही उदान का बाहरी रूप है। वह शरीर के बाहरी अंग-प्रत्यंगों को ठंडा नहीं होने देता और शरीर के भीतर की गरमाहट को भी स्थिर रखता है। जिसके शरीर से उदान वायु निकल जाती है, उसका शरीर गरम नहीं रहता। शरीर की गरमी शांत होते ही उसमें रहने वाला जीवात्मा मन में विलीन हुई इन्द्रियों को साथ लेकर उदान वायु के साथ-साथ दूसरे शरीर में चला जाता है।

'यहां यह बात भली प्रकार समझ लो कि मरते समय इस आत्मा का जैसा संकल्प होता है, उसके सहित मन, इन्द्रियों को साथ लिए हुए यह मुख्य प्राण में स्थित हो जाता है। वह मुख्य प्राण उदान वायु से मिलकर मन और इन्द्रियों के सहित जीवात्मा को उस अंतिम संकल्प के अनुसार यथायोग्य भिन्न-भिन्न लोक अथवा योनि में ले जाता है। इसलिए मनुष्य को उचित है कि अपने मन में निरन्तर एक भगवान् का ही चिन्तन रखे, दूसरा संकल्प न आने दे। जीवन अल्प और अनित्य है, न जाने कब अचानक इस शरीर का अन्त हो जाये। यदि अन्त समय

भगवान् का चिन्तन न होकर कोई दूसरा संकल्प आ गया, तो सदा की भांति पुनः चौरासी लाख योनियों में भटकना पड़ेगा।'

इसके पश्चात् गर्ग गोत्र में उत्पन्न सौर्यायणी ऋषि ने महर्षि पिप्पलाद से प्रश्न किया, 'अभी-अभी आपने जिन देवताओं अथवा महान् शक्तियों के बारे में बताया है–1. उनमें से गहरी नींद के समय मनुष्य शरीर में रहने वाली कौन-कौन-सी शक्तियां सो जाती हैं? 2. कौन-कौन-सी जागती रहती हैं? 3. स्वप्न की अवस्था में इनमें से कौन स्वप्न की घटनाओं के दर्शन करती हैं? 4. निद्रा की अवस्था में सुख का अनुभव किसको होता है और 5. ये सब किसके आश्रित हैं?'

महर्षि पिप्पलाद ने कहा, 'तुम बहुत चतुर मालूम होते हो। एक ही बार में पांच बातें पूछ डालीं और बातें भी ऐसी जिनसे आत्मा का, परमात्मा का पूरा-पूरा तत्त्व पूछ लिया। ख़ैर, सुनो! मैं तुम्हारी सभी बातों का उत्तर देता हूं। 1. जब सूर्य अस्त होता है, तब उसकी सब ओर फैली हुई सभी किरणें जिस प्रकार उस तेज-पुंज में मिलकर एक हो जाती हैं, ठीक उसी प्रकार गहरी निद्रा के समय सभी इन्द्रियां सर्वश्रेष्ठ मन में विलीन होकर उसी के रूप की हो जाती हैं। उस समय दसों इन्द्रियों का कार्य सर्वथा बंद हो जाता है। मनुष्य के जागने पर फिर से सभी इन्द्रियां मन से अलग होकर अपना-अपना कार्य करने लगती हैं, ठीक उसी तरह, जिस तरह सूर्य के उदय होने पर उसकी किरणें पुनः सब ओर फैल जाती हैं। 2. इस समय अग्नि रूप पांचों प्राण ही जागते रहते हैं। 3. स्वप्न की अवस्था में जीवात्मा ही मन और सूक्ष्म इन्द्रियों द्वारा अपनी विभूति का अनुभव करता है। इसका पहले जहां कहीं भी जो कुछ बार-बार देखा, सुना और अनुभव किया हुआ है, उसी को यह स्वप्न में बार-बार देखता, सुनता और अनुभव करता रहता है। अलबत्ता उसके ढंग में अंतर आ जाता है। सपने में जागते समय की किसी

घटना का कोई अंश किसी दूसरी घटना के किसी अंश के साथ मिलकर एक नए ही रूप में जीवात्मा के अनुभव में आता है। जो वस्तु वास्तव में है और जो नहीं है, उसे भी स्वप्न में देख लेता है। उस समय जीवात्मा के अतिरिक्त कोई दूसरी वस्तु नहीं रहती। 4. निद्रा के समय जब उदान वायु मन को जीवात्मा के निवास स्थान हृदय में पहुंचाकर मोहित कर देता है, उस निद्रावस्था में यह जीवात्मा मन के द्वारा स्वप्न की घटनाओं को नहीं देखता। उस समय नींद से उत्पन्न सुख का अनुभव जीवात्मा को ही होता है। 5. आकाश में उड़ने वाले पक्षी जिस प्रकार सायंकाल में लौटकर अपने निवास स्थान वृक्ष पर आराम से बसेरा लेते हैं, ठीक उसी प्रकार पृथ्वी से लेकर प्राण तक, जितने तत्त्व हैं, वे सब-के-सब परब्रह्म पुरुषोत्तम में, जो कि सबके आत्मा हैं, आश्रय लेते हैं। कहने का अर्थ यह कि स्थूल और सूक्ष्म पांचों महाभूत, दसों इन्द्रियां और उनके विषय, चारों प्रकार के अन्त:करण और उनके विषय तथा पांच भेदों वाला प्राणवायु सबके सब परमात्मा के ही आश्रित हैं।'

पांचवें प्रश्नकर्त्ता थे शिवि के पुत्र सत्यकाम। उन्होंने ओंकार की उपासना के बारे में प्रश्न किया, 'जो मनुष्य आजीवन ओंकार की भली भांति उपासना करता है, उसे उसका क्या फल मिलता है?'

महर्षि पिप्पलाद ने बताया, 'ओइम् तथा परब्रह्म परमेश्वर में भिन्नता नहीं है। यही ओंकार परब्रह्म है और यही उनसे प्रकट हुआ उनका विराट् स्वरूप अपरब्रह्म भी है। ओंकार की तीन मात्राएं या अंग माने गए हैं– भूः, भुवः और स्वः। जो इन तीनों रूपों सहित ओंकार की उपासना करता है, उसका जप, स्मरण और चिन्तन करता है वह परब्रह्म को पा लेता है। भू: का पृथ्वी लोक से संबंध है, जो मनुष्य ॐ भू: का जप करता है, वह पुनः मनुष्य का जन्म लेता है और तप, ब्रह्मचर्य तथा श्रद्धा संपन्न

होकर भूलोक के ऐश्वर्यों का भोग करता है। जो साधक भूः और भुवः दो मात्राओं वाले ओंकार की उपासना करता है, वह मनोमय चन्द्रलोक को प्राप्त करता है। जब वहां उसके पुण्यों का क्षय हो जाता है, तब वह पुनः मृत्युलोक में आ जाता है, फिर उसे अपने पूर्वकर्मानुसार मनुष्य शरीर या अन्य कोई योनि मिल जाती है। जो तीनों मात्रावाले ओंकार का जप करता है, वह ज्ञानियों को भी दुर्लभ ब्रह्मलोक को पाता है। कहने का आशय यह है कि सम्पूर्ण रहस्य को जानने वाले बुद्धिमान मनुष्य बाहरी जगत् में आसक्त न होकर ओंकार की उपासना द्वारा समस्त जगत् के आत्मरूप परब्रह्म परमात्मा को पा लेते हैं। परब्रह्म परमात्मा परम शान्त हैं और सब प्रकार के विकारों से रहित हैं। वे अजर, अमर, निर्भर, सर्वश्रेष्ठ और परम पुरुषोत्तम हैं।'

पांचों ऋषियों के प्रश्नों का उत्तर देने के बाद महर्षि पिप्पलाद ने भरद्वाज के पुत्र सुकेश की ओर देखा। उन्होंने पूछा, 'सुकेश, तुम्हारे मन में जो प्रश्न हो तुम भी पूछ लो।'

सुकेश ने कहा, 'महर्षि, मैं तो बहुत ही मामूली व्यक्ति हूं। मेरे पास कोई ज्ञान नहीं है। मेरा अपना कोई प्रश्न नहीं है। प्रश्न किसी और का है, सोलह कलाओं वाले पुरुष के बारे में है।'

महर्षि ने उत्सुक होकर पूछा, 'बात क्या है? साफ़-साफ़ कहो।'

सुकेश ने कहा, 'भगवन्, एक बार कोसलदेश का राजकुमार हिरण्यनाभ मेरे पास आया था। उसने मुझसे पूछा था कि क्या तुम सोलह कलाओं वाले पुरुष के सम्बन्ध में जानते हो? मैंने उससे साफ कह दिया कि भाई, मैं इस बारे में कुछ नहीं जानता। जानता होता तो तुम्हें अवश्य बता देता। न बताने का कोई कारण नहीं है। तुम अपने मन में यह मत सोचना कि मैंने बहाना करके तुम्हारे प्रश्न को टाल दिया है, क्योंकि मैं झूठ नहीं बोलता। झूठ बोलने वाले का मूल सहित नाश हो जाता

है। उसे लोक-परलोक में कहीं भी प्रतिष्ठा नहीं मिलती। मेरी इस बात को सुनकर राजकुमार चुपचाप अपने रथ पर सवार होकर जैसे आया था, वैसे ही लौट गया। राजकुमार का प्रश्न मेरे पास रह गया। वही प्रश्न मैं आपके सामने निवेदन करता हूं। कृपा कर आप मुझे बताएं कि सोलह कलाओं वाले पुरुष का तत्त्व क्या है, वह कहां है और उसका स्वरूप क्या है?'

महर्षि पिप्पलाद सुकेश के सत्यभाषण से बहुत प्रसन्न हुए। उन्होंने कहा, 'तुम्हारी सत्यनिष्ठा और तत्त्व के प्रति सच्ची जिज्ञासा से मैं बहुत प्रसन्न हूं। सोलह कलाओं वाले पुरुष के बारे में बताता हूं। ध्यान से सुनो! जगत् की रचना करने वाले परब्रह्म परमेश्वर ने सृष्टि के आरंभ में सबसे पहले प्राणरूप सर्वात्मा हिरण्यगर्भ को बनाया। जिसकी चर्चा मैं पहले भी कर चुका हूं। उसके बाद आस्तिक बुद्धि अर्थात् श्रद्धा को प्रकट किया, जिससे कि मनुष्य शुभकर्मों में लगे, फिर आकाश, वायु, जल, तेज और पृथ्वी ये पांच महाभूत रचे। दिखाई देने वाला यह सम्पूर्ण ब्रह्माण्ड इन पांच महाभूतों का कार्य है। इनकी रचना के बाद परमेश्वर ने मन, बुद्धि, चित्त और अहंकार के समग्र रूप अन्त:करण की रचना की। फिर विषयों के ज्ञान और कर्म के लिए पांच ज्ञानेन्द्रियां और पांच कर्मेन्द्रियां बनाईं। फिर प्राणियों के शरीर को बनाये रखने के लिए अन्न की उत्पत्ति की और अन्न के परिपाक द्वारा बल की रचना की, फिर तप की उत्पत्ति की, जिससे अन्त:करण और इन्द्रियों का संयम किया जा सके। उपासना के लिए भिन्न-भिन्न मंत्रों की रचना की। अन्त:करण के संयोग से इन्द्रियों द्वारा किये जाने वाले कर्मों का निर्माण किया। कर्मों के भिन्न-भिन्न फलरूप लोकों की रचना की और उन सबके नामरूपों की रचना की। इस प्रकार प्राण, श्रद्धा, महाभूत, अंत:करण ज्ञानेन्द्रिय, कर्मेन्द्रिय, अन्न, बल, तप, मंत्र, कर्म और लोक कुल मिलाकर सोलह

कलाएं हो गईं। इन सोलह कलाओं से युक्त इस ब्रह्माण्ड की रचना करके जीवात्मा के सहित परमेश्वर स्वयं इसमें प्रविष्ट हो गए। इसीलिए परमेश्वर सोलह कलाओं वाले पुरुष कहलाते हैं। हमारा यह मनुष्य शरीर भी ब्रह्माण्ड का ही एक छोटा-सा नमूना है, इसलिए परमेश्वर जिस प्रकार इस सारे ब्रह्माण्ड में है उसी प्रकार हमारे इस शरीर में भी है और इस शरीर में भी वे सोलह कलाएं मौजूद हैं। अपने हृदय में रहने वाले परमपुरुषोत्तम को जान लेना ही उस सोलह कला वाले पुरुष को जान लेना है।

'ध्यान रखो, जिस प्रकार अलग-अलग नाम और रूप वाली बहुत-सी नदियां अपने उद्‌गम स्थान से समुद्र की ओर दौड़ती हुई समुद्र में पहुंचकर उसी में विलीन हो जाती हैं, समुद्र से अलग उनका कोई नाम-रूप नहीं रहता, वे समुद्र ही बन जाती हैं उसी तरह परमात्मा से उत्पन्न हुई ये सोलह कलाएं (अर्थात् यह सम्पूर्ण ब्रह्माण्ड) प्रलय के समय परमपुरुष परमेश्वर में जाकर उसी में विलीन हो जाती हैं।'

सुकेश के प्रश्न का उत्तर देने के पश्चात् महर्षि पिप्पलाद ने सभी ऋषियों को संबोधन करते हुए कहा, 'ऋषियो, अभी सुकेश ने रथ की चर्चा की। अतः तुम परमात्मा के बारे में रथ के रूपक से ही सारी बात समझो। जिस प्रकार रथ के पहिये में लगे रहने वाले सब आरे उस पहिए के बीच में स्थित नाभि या धुरी में प्रविष्ट रहते हैं, क्योंकि उन सबका आधार नाभि है, नाभि के बिना वे टिक नहीं सकते, उसी प्रकार प्राण आदि सोलह कलाओं के जो आधार हैं, ये सब कलाएं जिनकी आश्रित हैं, जिनसे उत्पन्न होती हैं और जिनमें विलीन हो जाती हैं, वे ही जानने योग्य परब्रह्म परमेश्वर हैं। सबके आधार उन परमात्मा को जानना चाहिए। उसके जान लेने पर मृत्यु का भय जाता रहेगा और जन्म-मरण से छुटकारा पाकर मुक्त हो जाओगे। बस, परब्रह्म परमेश्वर के बारे में मैं इतना ही

जानता हूं। मैंने उनके बारे में तुमसे जो कुछ कहना था कह दिया। मेरे विचार में परमेश्वर से श्रेष्ठ कुछ भी नहीं है।'

आचार्य प्रवर महर्षि पिप्पलाद का ब्रह्म-संबंधी उपदेश सुनकर छहों ऋषि सन्तुष्ट हुए। उन्होंने महर्षि की पूजा कर उनके श्रीचरणों में निवेदन किया, 'भगवन्! आप ही हमारे वास्तविक पिता हैं, जिन्होंने हमें इस संसार रूपी समुद्र से पार पहुंचा दिया। ज्ञान स्वरूप परममहर्षि को हमारा बार-बार प्रणाम!'

इस संवाद से कई बातें सामने आईं। ज्ञान रूप सच्चागुरु वास्तविक पिता होता है। गुरु से ज्ञान प्राप्त करने के लिए शिष्य में धैर्य, तप, ब्रह्मचर्य आदि गुणों के साथ लगन और सत्य का बल होना चाहिए। परमेश्वर से बढ़कर जानने योग्य और कुछ भी नहीं है।

–'प्रश्नोपनिषद्' से

भृगु और वरुण की कथा

भृगु नाम के एक प्रसिद्ध महर्षि हुए हैं। वे वरुण के पुत्र थे। एक बार उनके मन में परमात्मा को जानने और प्राप्त करने की तीव्र लालसा उदय हुई। इस लालसा को लेकर वे अपने पिता वरुण के पास गए। वरुण वेद को जानने वाले ब्रह्मनिष्ठ महापुरुष थे, अतः भृगु को अपनी लालसा की पूर्ति के लिए किसी दूसरे आचार्य के पास जाने की ज़रूरत न थी। अपने पिता के पास जाकर भृगु ने उनसे प्रार्थना की, 'भगवन्, मैं ब्रह्म को जानना चाहता हूं, इसलिए आप कृपा कर मुझे ब्रह्म का तत्त्व समझाइए।'

वरुण ने अपने पुत्र से कहा, 'तात, अन्न, प्राण, नेत्र, कर्णेन्द्रिय, मन और वाणी, ये सभी ब्रह्म की प्राप्ति के द्वार हैं। इन सबमें ब्रह्म की सत्ता दिखाई दे रही है। ये प्रत्यक्ष दिखाई देने वाले सब प्राणी जिनसे उत्पन्न होते हैं, उत्पन्न होकर जिनके सहयोग से, जिनका बल पाकर ये सब जीते हैं और महाप्रलय के समय जिनमें जाकर विलीन हो जाते हैं, उनको जानने की इच्छा कर, वे ही ब्रह्म हैं। तप के द्वारा तू उन्हें जान।'

अपने पिता वरुण का उपदेश पाकर भृगुऋषि ब्रह्मचर्य, साम-दाम आदि नियमों का पालन करते हुए, समस्त भोगों का त्याग करके संयम

से रहते हुए पिता के उपदेश पर विचार करने लगे। यही उनका तप था। तप करके भृगु ने विचार किया कि अन्न ही ब्रह्म है, क्योंकि पिता जी ने ब्रह्म के जो लक्षण बताये थे, वे सब अन्न में पाये जाते हैं। सभी प्राणी अन्न के फल रूप वीर्य से उत्पन्न होते हैं, अन्न से ही उनका जीवन सुरक्षित रहता है और मरने के बाद अन्न रूप इस पृथ्वी में ही वे मिल जाते हैं। अपना विचार लेकर भृगु अपने पिता के पास गए और वह विचार उन्हें सुनाया। सुनकर वरुण कुछ नहीं बोले। उन्होंने सोचा, 'भृगु ने अभी ब्रह्म के स्थूल रूप को ही पहचाना है, वास्तविक रूप तक उसकी बुद्धि नहीं गई, इसलिए इसे तप करके अभी और विचार करने की ज़रूरत है, लेकिन जो कुछ भी इसने समझा है उसे तुच्छ बताकर इसमें अश्रद्धा पैदा करने से इसका भला होने वाला नहीं है, अतः इसकी बात का उत्तर न देना ही ठीक होगा।'

जब पिता से भृगु को अपनी बात का समर्थन नहीं मिला, तो उसने कहा, 'भगवन्, यदि मैंने ठीक नहीं समझा हो, तो आप मुझे ब्रह्म का तत्त्व समझाइए।'

वरुण ने कहा, 'तू तप के द्वारा ब्रह्म के तत्त्व को समझने की चेष्टा कर। यह तप ब्रह्म का ही रूप है अतः यह उनका बोध कराने में हर प्रकार से समर्थ है।'

पिता की आज्ञा पाकर भृगु ने पहले की भांति पुनः तपोमय जीवन बिताते हुए ब्रह्म पर विचार करना शुरू किया। भृगु ने सोचा कि अन्न के बाद पिता जी ने प्राण की बात कही थी, तब प्राण ही ब्रह्म है। भृगु ने सोचा कि पिता जी के द्वारा बताये हुए ब्रह्म के लक्षण प्राण में पूरी तरह पाए जाते हैं। सभी प्राणी प्राण से उत्पन्न होते हैं अर्थात् एक जीवित प्राणी से उसी के समान दूसरा प्राणी उत्पन्न होता है और सभी प्राण से ही जीवित रहते हैं। यदि सांस का आना-जाना बन्द हो जाय, यदि

प्राण द्वारा अन्न ग्रहण न किया जाय तथा अन्न का रस सारे शरीर में न पहुंचाया जाए, तो कोई भी प्राणी जीवित नहीं रह सकता। मरने के बाद मृत शरीर में प्राण नहीं रहते, वे ब्रह्म में जा मिलते हैं, इससे यह सिद्ध होता है कि प्राण ही ब्रह्म है। यह निश्चय करके भृगु पुनः अपने पिता के पास गए। भृगु ने पिता से अपना अनुभव बताया। वरुण ने अभी भी कोई उत्तर नहीं दिया। उन्होंने देखा कि भृगु पहले की अपेक्षा कुछ तो सूक्ष्मता की ओर झुका है, परन्तु अभी बहुत कुछ समझना बाकी है। ऐसी दशा में चुप ही रहूंगा। उत्तर न पाकर अपने-आप इसकी जिज्ञासा और बढ़ेगी। वरुण चुप रहे। पिता से अपनी बात का समर्थन न पाकर भृगु ने निवेदन किया, 'तात, यदि अब भी मैंने ठीक न समझा हो, तो आप ही कृपा कर मुझे ब्रह्म का तत्त्व समझाइए।' वरुण ने पहले की ही भांति भृगु को तप करने के लिए कहा।

भृगु पुनः पहले की भांति तप करते हुए पिता के उपदेश पर विचार करने लगे। विचार करते हुए वे इस नतीजे पर पहुंचे कि मन ही ब्रह्म है। मन से सब प्राणी उत्पन्न होते हैं, देखा जाता है कि स्त्री और पुरुष के मानसिक प्रेमपूर्ण सम्बन्ध से हर प्राणी बीज रूप से माता के गर्भ में आते और जन्म लेते हैं। उत्पन्न होकर मन से ही इन्द्रियों द्वारा जीवन के लिए उपयोगी सभी वस्तुओं का उपभोग करके जीवित रहते हैं। मरने के बाद प्राण तथा इन्द्रियां नहीं रहतीं।

भृगु यह विचार करके अपने पिता वरुण के पास गए और उनसे अपना निर्णय सुनाया। इस बार भी वरुण ने कोई उत्तर नहीं दिया और तप करने की ही बात दुहराई। भृगु ने लौटकर तप आरम्भ किया और पिता के उपदेश पर विचार करने लगे। विचार करते हुए वे इस परिणाम पर पहुंचे कि यह विज्ञान स्वरूप चेतन जीवात्मा ही ब्रह्म है। क्योंकि ये सभी प्राणी जीवात्मा से ही उत्पन्न होते हैं, सजीव चेतन प्राणियों से

ही प्राणियों की उत्पत्ति देखी जाती है। उत्पन्न होकर इस विज्ञान स्वरूप जीवात्मा से ही जीते हैं, यदि जीवात्मा न रहे, तो ये मन, इन्द्रियां, प्राण आदि कोई भी अपना-अपना काम नहीं कर सकते। मरने के बाद मृत शरीर में ये सब देखने में नहीं आते। अतः विज्ञान स्वरूप जीवात्मा ही ब्रह्म है।

अपना विचार लेकर भृगु पुनः पिता के पास आए और उनसे अपना अनुभव निवेदन किया। इस बार भी पिता ने कोई उत्तर नहीं दिया, किन्तु इस बार उन्हें काफ़ी सन्तोष हुआ। उन्होंने सोचा कि इस बार भृगु बहुत कुछ ब्रह्म के निकट आया है। इसका विचार स्थूल और सूक्ष्म दोनों प्रकार के तत्त्वों से ऊपर उठकर चेतन जीवात्मा तक तो पहुंच गया है। अभी और तपस्या करेगा तो समझ जायेगा। यही सोचकर वरुण चुप रहे। पिता की चुप्पी पर भी भृगु निराश और उत्साहहीन नहीं हुए। वे पिता से आदेश पाकर पुनः तपस्या के लिए लौट आए। भृगु ने पुनः तपस्या की और पिता के उपदेश पर गंभीरता से विचार किया।

अबकी बार गंभीरता से विचार करने पर भृगु इस निश्चय पर पहुंचे कि आनन्द ही ब्रह्म है। ये आनन्दमय परमात्मा ही अन्नमय आदि सबके अन्तरात्मा हैं। ये सब भी इन्हीं के स्थूल रूप हैं। इसी कारण उनमें ब्रह्म-बुद्धि होती है और ब्रह्म के आंशिक लक्षण पाए जाते हैं। ब्रह्म के पूरे लक्षण तो आनन्द में ही घटते हैं। देखा जाता है कि कोई भी प्राणी दुःख के साथ जीवित रहना नहीं चाहता, सभी आनन्दपूर्ण जीवन चाहते हैं। इतना ही नहीं, उस आनन्दमय सर्वान्तर्यामी परमात्मा की अचित्य शक्ति की प्रेरणा से ही इस जगत् के समस्त प्राणियों की सारी चेष्टाएं हो रही हैं। सबके जीवनाधार आनन्द स्वरूप परमात्मा ही हैं।

इस प्रकार अनुभव होते ही भृगु को परब्रह्म का वास्तविक ज्ञान हो

गया। अब उन्हें किसी प्रकार की जिज्ञासा नहीं रही। वे परमात्मा में स्थित हो गए।

इस कथा से यह नतीजा निकला कि भृगु की भांति जो भी व्यक्ति संयमपूर्वक तप करता हुआ गंभीरता से ब्रह्म का चिन्तन करता है, वह उसे पा लेता है।

–'तैत्तिरीयोपनिषद्' से

मनोहर-संवाद : छः अद्भुत कथाएं

1. तीन ऋषि

'ओ३म्'–इस अक्षर को उद्गीथ कहा गया है। तीन ऋषि उद्गीथ का तत्त्व जानने में कुशल थे। वे ऋषि थे–शालावान् के पुत्र शिलक, चिकितायन के पुत्र दाल्म्य और जीवल के पुत्र प्रवाहण। एक बार तीनों आपस में बातें करते हुए कहने लगे, 'निश्चय ही हम लोग उद्गीथ विद्या में कुशल हैं, इसलिए यदि सबकी सम्मति हो तो हम उद्गीथ के विषय में विचार करें।'

'बहुत अच्छा विचार है, ऐसा ही हो।' यह कहकर वे तीनों एक स्थान पर सुखपूर्वक बैठ गए। सबसे पहले प्रसिद्ध राजर्षि जीवल के पुत्र प्रवाहण ऋषि ने अपने दोनों साथियों से कहा, 'पहले आप दोनों पूज्यजन बातचीत आरंभ करें। आप दोनों विद्वान् जब उपदेश दे रहे होंगे, तो मैं आपके वचनों को ध्यान लगाकर सुनूंगा।'

प्रवाहण के चुप हो जाने पर शालावान् के पुत्र शिलक ऋषि

चिकितायन के पुत्र दाल्भ्य से बोले, 'कहिए तो मैं ही आपसे प्रश्न करूं?'

'अवश्य, आप ही प्रश्न कीजिए।' दाल्भ्य ने कहा।

इसके बाद दोनों में इस प्रकार प्रश्नोत्तर होने लगा :

'साम का आश्रय कौन है?'

'स्वर ही साम का आश्रय है।'

'स्वर का आश्रय कौन है?'

'प्राण ही स्वर का आश्रय है।'

'प्राण का आश्रय कौन है?'

'अन्न ही प्राण का आश्रय है?'

'अन्न का आश्रय कौन है?'

'जल ही अन्न का आश्रय है।'

'जल का आश्रय कौन है?'

'स्वर्गलोक ही जल का आश्रय है।'

'उस लोक का आश्रय कौन है।'

प्रश्नों की बौछार से दाल्भ्य ऊब उठे थे। उन्होंने कहा, 'स्वर्गलोक से आगे नहीं जाना चाहिए। उसके परे की बात नहीं पूछनी चाहिए।'

शिलक ने कहा, 'क्यों? क्या इसलिए कि तुम्हें उसका ज्ञान नहीं है?'

दाल्भ्य बोले, 'हम स्वर्गलोक में ही साम की पूर्णतया स्थिति मानते हैं, क्योंकि साम को स्वर्गलोक कहकर ही उसकी स्तुति की जाती है।'

शिलक बोले, 'दाल्भ्य, तुम्हारा बताया हुआ साम निश्चय ही प्रतिष्ठाहीन है। तुमने जो साम का अन्तिम आश्रय स्वर्ग बताया है, वह ठीक नहीं है। स्वर्ग का भी कोई और आश्रय अवश्य होना चाहिए। यदि कोई साम के तत्त्व को जाननेवाला विद्वान् तुम्हारे इस अधूरे उत्तर पर

झुंझलाकर तुम्हें यह कह दे कि तुम्हारा सिर धड़ से अलग हो जाएगा, तो उसके इस प्रकार कहते ही तुम्हारा सिर धड़ से अलग हो जाएगा, यह निश्चय समझो।'

खीझकर दाल्भ्य ने कहा, 'क्या मैं श्रीमान् से साम का तत्त्व जान सकता हूं?'

शिलक ने कहा, 'हां-हां, जानो'।

'अच्छा तो बताइए स्वर्गलोक का आधार कौन है?' दाल्भ्य ने पूछा।

'यह मनुष्य लोक ही स्वर्गलोक का आधार है।' शिलक का स्पष्ट उत्तर था। अब दाल्भ्य की शिलक को चिढ़ाने की बारी थी। उसने भी प्रश्न कर दिया, 'और मनुष्य लोक का आधार कौन है?'

शिलक ने कहा, 'जो सबकी प्रतिष्ठा है उस लोक से आगे प्रश्न नहीं करना चाहिए। सबकी प्रतिष्ठा रूप मनुष्यलोक में ही हम साम की भली भांति स्थिति मानते हैं क्योंकि साम को सबकी प्रतिष्ठा रूप पृथ्वी कहकर ही उसकी स्तुति की जाती है।'

जीवल-पुत्र प्रवाहण दोनों के प्रश्नोत्तर ध्यान से सुन रहे थे। उन्होंने शिलक से कहा, 'मित्र शिलक, तुम्हारा समझा हुआ साम भी निस्संदेह अन्त वाला ही है। यदि ऐसी स्थिति में साम के तत्त्व को जानने वाला कोई विद्वान् तुम्हें शाप दे दे कि तुम्हारा सिर गिर जायेगा, तो उसके इस प्रकार कहते ही तुम्हारा सिर गिर सकता है।'

शिलक ने प्रवाहण से पूछा, 'क्या मैं इस रहस्य को श्रीमान् से जान सकता हूं?'

प्रवाहण ने कहा, 'अवश्य, जान लो।'

'तब बताओ, इस मनुष्यलोक का आश्रय कौन है?' शिलक ने पूछा।

'आकाश ही इसका आश्रय है।'

'आकाश से तुम्हारा क्या तात्पर्य है?'

'आकाश अर्थात् सर्वत्र प्रकाशित परमात्मा। निस्संदेह ये सभी जीव परमात्मा रूप आकाश से ही उत्पन्न होते हैं और आकाश में ही विलीन हो जाते हैं, क्योंकि आकाश ही इन सबसे बड़ा है और आकाश ही सबका चरम आश्रय है। वे आकाश स्वरूप परमात्मा ही बड़े-से-बड़े हैं और वे ही उद्गीथ (गाने योग्य) हैं। वे सब प्रकार असीम हैं। जो कोई उपासक इस प्रकार समझकर इस बड़े-से-बड़े उद्गीथ रूप परमेश्वर की उपासना करता है, उसका जीवन निस्संदेह ऊंचे-से-ऊंचा हो जाता है।

अन्त में तीनों ही इस चर्चा से सन्तुष्ट हो गए।

2. उषस्ति की कथा

कुरुदेश में एक बार इतने अधिक ओले गिरे कि सारी खेती ही चौपट हो गई। उन दिनों चक्र मुनि के पुत्र उषस्ति ऋषि अपनी धर्मपत्नी आटिकी के साथ बड़ी दीन अवस्था में पराश्रित होकर किसी हाथीवानों के गांव में रहते थे। आटिकी ने अभी युवावस्था में कदम नहीं रखा था। एक दिन अन्न के लिए भीख मांगते हुए उषस्ति ने बहुत ही तुच्छ प्रकार के उड़द खाते हुए एक महावत से उड़द की भीख मांगी।

हाथीवान ने मुनि से कहा, 'मेरे इस पात्र में जितने उड़द तुम देख रहे हो, उनके सिवा और उड़द मेरे पास नहीं हैं।'

'इन्हीं में से मुझे भी दे दो।' मुनि ने कहा।

मुनि की याचना से पिघलकर महावत ने अपने पात्र में बचे हुए सारे उड़द उषस्ति मुनि को दे दिये और उनसे बोला, 'उड़द खाने के बाद जल भी पी लीजिएगा।'

उषस्ति ने कहा, 'नहीं, मैं जल नहीं ग्रहण करूंगा, क्योंकि वह तुम्हारा जूठा किया हुआ है।'

'मगर ये उड़द भी तो मेरे जूठे ही थे।' महावत के ऐसा कहने पर उषस्ति ने कहा, 'थे, किन्तु यदि मैं ये उड़द न खाता तो जीवित नहीं रहता। परन्तु पीने का पानी तो मुझे कहीं भी मिल सकता है।'

महावत से विदा लेकर उषस्ति ऋषि थोड़े-से बचे हुए उड़द अपनी पत्नी के लिए ले आए। उनकी पत्नी इससे पहले ही पर्याप्त भिक्षा प्राप्त कर चुकी थी, अतः उसने पति से उड़द लेकर एक ओर रख दिए। दोनों रात हो जाने पर सुखपूर्वक सो गए। दूसरे दिन प्रातःकाल जब उषस्ति ऋषि सोकर उठे, तो उन्हें अपनी दुर्दशा का ध्यान आया। वह पत्नी से बोले, 'आह, यदि हमें आज थोड़ा-सा भी अन्न मिल जाता, तो उसे खाकर हम स्वस्थ रहते और कुछ धन कमा लाते। निकट ही एक राजा यज्ञ करा रहा है। अगर मैं वहां जाऊं, तो वह मुझे ऋत्विजों के सभी प्रकार के कार्यों के लिए चुन लेगा।'

ऋषिपत्नी आटिकी ने कहा, 'स्वामिन्, लीजिए, कल जो उड़द आपने मुझे दिये थे, वे मैंने संभालकर रख लिए थे, आप इन्हें खाकर जल पी लें और स्वस्थ मन से यज्ञ में चले जाएं।'

उषस्ति ने सन्तोष की सांस ली और उड़द खाकर उस विशाल यज्ञ में चले गये। वहां पहुंचकर वे उद्गाता आदि ऋत्विजों के निकट जा बैठे। वहां उन्होंने अवसर देखकर स्तुति करने वाले ऋत्विक् से कहा, 'प्रस्तोता, जिस देवता का प्रस्ताव से सम्बन्ध है, अर्थात् जिसकी तुम स्तुति करने जा रहे हो, उसे बिना जाने यदि तुम स्तुति करोगे तो याद रखना, तुम्हारा मस्तक धड़ से अलग हो जाएगा।' इसी प्रकार उन्होंने उद्गाता, प्रतिहर्ता आदि से कहा। परिणाम यह हुआ कि सभी अपना-अपना काम छोड़कर चुपचाप बैठ गए।

सभी विद्वानों को चुपचाप बैठा देख यज्ञ कराने वाले राजा ने उषस्ति ऋषि से कहा, 'मैं श्रीमान् का ठीक-ठाक परिचय प्राप्त करना चाहता हूं।'

उषस्ति ने कहा, 'मैं चक्र का पुत्र उषस्ति ऋषि हूं।'

राजा ने उषस्ति का नाम सुनकर उनसे क्षमा मांगते हुए कहा, 'सच

मानिए, मैंने इन समस्त ऋत्विज-सम्बन्धी कार्यों के लिए श्रीमान् की सब जगह खोज की थी, किन्तु आपका कहीं पता न चला। मैंने निराश होकर इन दूसरे ऋत्विजों को चुन लिया। परन्तु अब जब आप आ गए हैं, तो श्रीमान् ही मेरे सभी ऋत्विज-सम्बन्धी कार्यों को पूरा कराएं।'

'बहुत अच्छा' कहकर उषस्ति ऋषि ने राजा के सामने एक प्रस्ताव रखा, 'मैं चाहूंगा कि मेरे आदेश के अनुसार ये ऋत्विज ही स्तुति आरंभ करें। परन्तु एक बात है, जितना धन आप इन लोगों को दें, उतना ही मुझे भी दें।'

'ऐसा ही होगा।' राजा ने स्वीकृति दी।

उषस्ति ऋषि यज्ञ सम्पूर्ण कराने के लिए तैयार हुए तो उनके पास आकर प्रस्तोता, उद्गाता और प्रतिहर्ता ने क्रमशः उनसे पूछा, 'आपने कहा था, जिस देवता की तुम स्तुति करने जा रहे हो, उसे बिना जाने यदि तुम स्तुति पाठ करोगे, तो तुम्हारा सिर धड़ से अलग हो जाएगा अतः उस देवता के बारे में समझाइए।'

उषस्ति ऋषि ने उन्हें प्राण, सूर्य और अन्न के महत्त्व पर उपदेश दिया और कहा कि बिना जाने-समझे कोई भी स्तुति करने का कोई लाभ नहीं है।

इससे हमें यह ज्ञान मिलता है कि हम जो भी स्तुति करें, जिस भी मंत्र का जाप करें, उसका अर्थ भी भली प्रकार समझ लें और उससे सम्बन्धित देवता या शक्ति के बारे में भी अच्छी तरह जान लें कि वह कौन है, उसका स्वरूप क्या है और वह हमारे लिए किस प्रकार हितकर है।

3. गाड़ीवान रैक्व की कथा

प्राचीन काल में जनश्रुत नाम का एक कुल हुआ है। उस कुल के राजा श्रद्धापूर्वक बहुत-सा दान किया करते थे। दान के लिए बहुत-सा अन्न

भी पकाया जाता था। इसी कुल में जानश्रुति नामक राजा हुआ। उस राजा ने इस आशय से कि लोग सभी जगह मेरा ही अन्न खायेंगे, सर्वत्र धर्मशालाएं बनवा दी थीं।

एक दिन रात के समय उधर से हंस उड़कर गए। उनमें से एक हंस ने दूसरे हंस से कहा, 'अरे, ओ भल्लाक्ष! देख, जानश्रुति पौत्रायण का तेज द्युलोक के समान फैला हुआ है। तू उस तेज को छू मत लेना। नहीं तो वह तुझे भस्म कर डालेगा।'

आगे जाने वाले एक अन्य हंस ने उससे कहा, 'अरे, तू किस महत्व को धारण करने वाले इस राजा के प्रति इस तरह आदर से भरे वचन कह देता है? क्या तू इसे गाड़ीवान रैक्व के समान समझता है?'

इस पर उस हंस ने उससे पूछा, 'गाड़ीवान रैक्व कौन है, उसके बारे में मुझे बताओ।'

हंस ने अपने साथी से कहा, 'यह गाड़ीवान रैक्व बड़ा अद्भुत है, जुए में काम आने वाले कृत नामक पासे की तरह। जिस प्रकार जुए में जीतने वाले व्यक्ति की जीत कृत नामक पासे पर निर्भर करती है और उसके फलस्वरूप निम्नश्रेणी के सारे पासे भी जीतने वाले के अधीन हो जाते हैं, उसी तरह प्रजा जो कुछ भी अच्छे कर्म करती है, वे सब कर्म गाड़ीवान रैक्व को प्राप्त हो जाते हैं, उसका फल उसे मिल जाता है। रैक्व दूसरे लोगों द्वारा जानी गई बातें भी जानने में समर्थ है।'

राजा जानश्रुति पौत्रायण हंसों के इस वार्तालाप को सुन रहा था। अपने से श्रेष्ठ गाड़ीवान रैक्व के बारे में सुनकर वह बेचैन हो उठा। उसे रात-भर ठीक से नींद नहीं आई। सुबह सोकर उठते ही राजा ने सेवक को बुलाकर उससे कहा, 'तू गाड़ीवान रैक्व के समान मेरी स्तुति क्या किया करता है, जा उसे खोजकर ले आ।'

सेवक ने आश्चर्य से राजा की ओर देखा और कहा, 'मैं गाड़ीवान

रैक्व के बारे में कुछ भी नहीं जानता, वह कौन है? कहां रहता है? मैं कुछ भी तो नहीं जानता।'

राजा ने कहा, 'सुन, जिस तरह जुए में कृत नामक पासे के द्वारा जीतने वाले पुरुष के अधीन उससे नीचे के सारे पासे हो जाते हैं, वैसे ही उस रैक्व को जो कुछ भी प्रजा सत्कर्म करती है, वह सब प्राप्त हो जाता है। वह दूसरे लोगों द्वारा जानी हुई बात को भी जान लेता है। बस, यही उसकी पहचान है। जा उसे लेकर आ।'

राजा की आज्ञा पाकर सेवक चला गया। सब कहीं भटकने पर भी उसे गाड़ीवान रैक्व का पता न चला। वह निराश लौट आया और राजा की सेवा में आकर बोला, 'मैंने सब कहीं रैक्व की खोज की, लेकिन मैं उसे कहीं भी न पा सका। अपराध क्षमा हो महाराज!'

राजा ने बड़ी बेचैनी से सेवक से कहा, 'अरे मूर्ख, जा, जहां ब्राह्मण की खोज की जाती है, वहीं उसकी भी खोज कर।'

सेवक फिर से रैक्व की खोज करने चला गया। आखिरकार उसने उसे तलाश कर ही लिया। वह एक छकड़े के नीचे बैठा अपने शरीर को खुजला रहा था। सेवक उसके पास जाकर बैठ गया और प्रणाम आदि के पश्चात् आदरपूर्वक बोला, 'भगवन्, क्या आप ही गाड़ीवाले रैक्व हैं?'

रैक्व ने सिर हिलाया और कहा, 'अरे, हां, मैं ही रैक्व हूं।'

सेवक रैक्व का पता लगाकर बहुत खुश हुआ। और राजा के पास आकर उसने उसे सारी स्थिति से परिचित करा दिया। राजा भी बहुत प्रसन्न हुआ। वह राजा छः सौ गाएं, एक स्वर्णहार और खच्चरियों से जुता हुआ एक रथ लेकर रैक्व के पास पहुंचा। वहां जाकर राजा ने रैक्व को प्रणाम किया और बोला, 'भद्र, ये छः सौ गाएं, यह स्वर्णहार और खच्चरियों से जुता हुआ यह रथ मैं आपके लिए लाया हूं। आप

यह सब स्वीकार कीजिए और भगवन्, आप मुझे उस देवता का उपदेश दीजिए, जिसकी आप उपासना किया करते हैं।'

रैक्व ने राजा और उसकी सम्पत्ति की ओर देखा भी नहीं और बड़े ही उपेक्षा भाव से कहा, 'अरे मूर्ख, गायों सहित यह हार और रथ अपने ही पास रख।'

राजा ने समझा कि यह सम्पत्ति शायद कम है। वह अपने निवास स्थान को लौट आया और एक हज़ार गाएं, एक स्वर्णहार, खच्चरियों से जुता हुआ रथ और अपनी कन्या लेकर दुबारा रैक्व की सेवा में हाजिर हुआ। उसने रैक्व से हाथ जोड़कर निवेदन किया, 'भगवन्, ये एक हज़ार गौएं, यह हार, खच्चरियों से जुता हुआ रथ तो आपका है ही, साथ में यह मेरी कन्या है, इसे पत्नी रूप में स्वीकार कीजिए और यह गांव जिसमें आप रह रहे हैं, यह भी उपहार में स्वीकार कीजिए। भगवन्, कृपा कर मुझे अपने उपास्य देवता के सम्बन्ध में उपदेश अवश्य दीजिए।'

रैक्व समझ गया कि राजा मानने वाला नहीं है, अतः उसने राजा को वायु और प्राण की उपासना का उपदेश दिया। स्पष्ट है कि वायु और प्राण की उपासना करने वाले व्यक्ति के पास सत्कर्म अपने-आप आ जाते हैं और वह दूसरों के द्वारा जानने योग्य बातें भी जान जाता है।

4. सत्यकाम जाबाल की कथा

किसी समय जबाला नाम की एक सेविका थी। उसका एक पुत्र था, जिसका नाम था सत्यकाम। जब सत्यकाम बड़ा हो गया, तो एक दिन उसने अपनी माता से कहा, 'पूज्य माता जी, मैं ब्रह्मचर्यपूर्वक गुरुकुल में रहकर शिक्षा ग्रहण करना चाहता हूं। वहां मेरे गोत्रादि के बारे में पूछताछ होगी, इसलिए कृपा कर मुझे बताइए कि मैं किस गोत्रवाला हूं।'

जबाला ने कहा, 'बेटा, सच बात तो यह है कि मैं तेरे गोत्र के बारे में कुछ भी नहीं जानती। युवावस्था में मैं जिन दिनों सेविका का काम किया करती थी, तभी मैंने तुझे प्राप्त किया, इसलिए तू किस गोत्र का है, मैं कह नहीं सकती।'

सत्यकाम ने हठ किया, 'पर गुरुकुल में तो पूछा जाएगा, तब मैं क्या कहूंगा? कुछ तो बताओ।'

जबाला बोली, 'मैं तो इतना ही जानती हूं कि मैं जबाला हूं और तू सत्यकाम है। तब तू ऐसा कर, जब कोई तेरा गोत्र पूछे तो तू अपने को 'सत्यकाम जाबाल' बता देना।'

सत्यकाम का इतने से ही समाधान हो गया। वह हारिद्रुयत गौतम के पास जाकर बोला, 'पूज्यवर, मैं आपकी सेवा में रहकर ब्रह्मचर्यपूर्वक जीवन बिताता हुआ शिक्षा ग्रहण करूंगा, इसी से आपकी सेवा में उपस्थित हुआ हूं। मेरे लिए क्या आज्ञा है?'

गौतम बोले, 'सौम्य, पहले यह तो बताओ कि तुम्हारा गोत्र क्या है?'

सत्यकाम तो तैयार था ही, बोला, 'भगवन्, मैं किस गोत्र वाला हूं; यह मैं नहीं जानता। मैंने आपकी सेवा में आने से पूर्व अपनी माता से गोत्र पूछा था, किन्तु वह भी नहीं जानती कि मैं किस गोत्र का हूं। बार-बार पूछे जाने पर उसने मुझसे यही कहा कि युवावस्था में, जबकि मैं बहुत लोगों के यहां सेविका के रूप में काम-धंधा किया करती थी, तभी मैंने तुझे प्राप्त किया था। ऐसी दशा में मैं नहीं जानती कि तू किस गोत्रवाला है। मैं तो इतना ही जानती हूं कि मेरा नाम जबाला है और तेरा नाम सत्यकाम है, अतः तू सत्यकाम जाबाल हुआ। गुरुवर, आप मुझे सत्यकाम जाबाल ही समझे।'

गौतम सत्यकाम के सत्य भाषण से बहुत प्रसन्न हुए। बोले, 'सौम्य, तेरे सत्य कथन से मैं बहुत प्रसन्न हूं। सत्य कहना बड़े साहस का काम है और कोई बड़े कुलवाला ही सत्य बात कह सकता है। निश्चय ही

तू बड़े कुल-गोत्र वाला है। जा तू समिधा ले आ, हवनपूर्वक मैं तेरा उपनयन संस्कार करूंगा। अवश्य तुझे शिक्षा दूंगा, क्योंकि तूने सत्य का साथ नहीं छोड़ा है।'

सत्यकाम ने शीश झुकाया और समिधा लेने चला गया। विधिपूर्वक गौतम ने उसका उपनयन संस्कार किया। इसके बाद अपने गोधन में से चार सौ दुबली-पतली गौएं अलग निकालकर गौतम ने सत्यकाम से कहा, 'सौम्य, तू इन गायों को चरा ला।'

सत्यकाम ने सहर्ष स्वीकार किया और गौओं को हांकते हुए बोला, 'भगवन्, जब तक ये एक हज़ार गौएं नहीं हो जाएंगी मैं नहीं लौटूंगा।'

सत्यकाम गौएं लेकर वन-वन में विचरता रहा। इस तरह वन में गौओं के साथ विचरते हुए उसने चिन्तन-मनन तथा दूसरे प्राणियों के संपर्क से बहुत-सी शिक्षा ग्रहण की। समय पाकर वे गौएं भी एक हज़ार तक पहुंच गईं। सत्यकाम प्रसन्नचित्त होकर गौओं सहित आचार्य कुल में लौट आया।

सत्यकाम के प्रफुल्ल मुखमंडल को देखकर आचार्य ने उससे कहा, 'सौम्य, तेरी आकृति देखकर लगता है कि तू ब्रह्मवेत्ता है, ब्रह्म को भली प्रकार जान गया है। भला बता तो तुझे किसने उपदेश दिया है?'

सत्यकाम ने बताया, 'भगवन्, मनुष्यों से भिन्न, समझ लें कि देवताओं ने मुझे उपदेश दिया है, किन्तु अब मेरी यह इच्छा है कि आप ही मुझे विद्या का उपदेश करें। मैंने श्रीमान् के समान ऋषियों से सुना है कि आचार्य से जानी गई विद्या ही अत्यन्त लाभदायक होती है, वही हितकर भी है।'

सत्यकाम की बात से प्रसन्न होकर आचार्य ने उसे सहर्ष विद्यादान किया। इससे सत्यकाम का विद्या धन और भी विकसित हुआ। सत्यकाम स्वयं भी आचार्य की पदवी को पाने वाले बने। उनके आश्रम में भी अनेकानेक शिष्य शिक्षा ग्रहण करने लगे।

अन्य शिष्यों के साथ उपकोसल नाम का शिष्य भी सत्यकाम के यहां शिक्षा ग्रहण करता था। उसने बारह वर्ष तक आचार्य सत्यकाम की अग्नियों की सेवा की, किन्तु आचार्य ने दूसरे ब्रह्मचारियों का तो समावर्तन संस्कार (दीक्षा देना) कर दिया, किन्तु उपकोसल का नहीं किया। इस पर आचार्य-पत्नी ने सत्यकाम से कहा, 'स्वामिन्, ब्रह्मचारी उपकोसल खूब तपस्या कर चुका है, इसने अच्छी तरह अग्नियों की सेवा की है। देखिए, अग्नियां आपकी निन्दा न करें, इसलिए आप इसे भी दीक्षा का दान करें।'

सत्यकाम ने पत्नी की बात पर ध्यान नहीं दिया और दीक्षा दिए बिना ही कहीं बाहर चले गए। उपकोसल को इससे बहुत चोट पहुंची। मानसिक पीड़ा को वह सहन न कर सका और उसने अनशन करने का निश्चय किया। आचार्य-पत्नी ने उससे भोजन न करने का कारण पूछा और आग्रह भी किया कि वह भोजन करे, किन्तु उपकोसल ने कहा, 'माता जी, प्रत्येक मनुष्य में चारों ओर भटकाने वाली अनेक कामनाएं रहती हैं, मुझमें भी हैं। मैं व्याधियों से परिपूर्ण हूं। अतः उन्हें दूर करने के लिए मैंने यही निश्चय किया है कि मैं भोजन न करूं। इसीलिए मैं भोजन नहीं करूंगा।'

उपकोसल ने इस प्रकार कठोर तपस्या की। अग्नियों ने भी इस चिंतन-काल में उसकी सहायता की। उसे अनेक प्रकार की विद्याओं और ज्ञान की प्राप्ति हुई।

5. आरुणि तथा श्वेतकेतु का संवाद

अरुण के कुल से हुए आरुणि। आरुणि का पुत्र था श्वेतकेतु। वह जब बारह वर्ष का हो गया, तो उसके पिता आरुणि ने उससे कहा, 'वत्स, तू आचार्य की सेवा में रहकर ब्रह्मचर्यपूर्वक जीवन बिताता हुआ शिक्षा ग्रहण कर। हमारे कुल में उत्पन्न कोई भी पुरुष अध्ययन के बिना ब्रह्मबन्धु के समान नहीं कहलाता।'

पिता की आज्ञा पाकर श्वेतकेतु आचार्य की सेवा में चला गया। उपनयन संस्कार के पश्चात् उसने विद्याध्ययन शुरू किया। वहां बारह वर्ष तक शिक्षा ग्रहण कर, सम्पूर्ण वेदों का अध्ययन कर अपने को बड़ा बुद्धिमान और व्याख्याता मानते हुए बड़ी अकड़ के साथ घर लौटा। पिता ने देखा कि यह तो तनिक भी विनम्र नहीं है और उल्टा घमंडी हो गया है। उन्होंने उससे कहा, 'वत्स, मैं देख रहा हूं कि तू बड़ा ही महामना, पंडित होने का अभिमान लिए विनम्रता से दूर जाता हुआ-सा बन गया है। इसका क्या कारण है? क्या तू वह सब जान गया है, जिसके कारण न सुना गया भी सुना जैसा हो जाता है, मत-सम्मत न होते हुए भी मत-सम्मत हो जाता है और अविज्ञान अर्थात् न जानी हुई बातें भी जानी हुई हो जाती हैं?'

पिता की बात सुनकर श्वेतकेतु ने उससे पूछा, 'नहीं, मैंने वह सब नहीं जाना है, कृपया आप ही बताएं।'

पिता आरुणि ने कहा, 'वत्स, जिस प्रकार एक मिट्टी के पिण्ड के द्वारा तरह-तरह के मिट्टी के पदार्थ बन जाते हैं, पर वाणी के विकार से वे भिन्न-भिन्न नाम-रूपों से जाने जाते हैं, किन्तु सत्य तो मिट्टी ही है, ठीक उसी प्रकार वह जानने योग्य है। इसी प्रकार सोने, लोहे से बने पदार्थों के बारे में जान लो। सत्य तो सोना और लोहा है, उनसे बने भिन्न-भिन्न पदार्थ नहीं। वैसे ही वह सत्य रूप है।'

श्वेतकेतु बोला, 'पिता जी, निश्चय ही मेरे गुरुदेव इस बात को नहीं जानते थे। जानते होते तो अवश्य बताते। अब आप ही बताइए कि वह जानने योग्य क्या है?'

पिता आरुणि ने कहा, 'अच्छा, बताता हूं। ध्यानपूर्वक सुनो वत्स। आरंभ में एकमात्र अद्वितीय सत् ही था। सत् ने इच्छा की, मैं बहुत हो जाऊं, अनेक प्रकार से उत्पन्न होऊं। इच्छा करते ही सत् से तेज़ की

उत्पत्ति हुई, फिर तेज ने भी वैसी ही इच्छा की, फलस्वरूप तेज से जल की रचना हुई। इसी क्रम से फिर जल से अन्न की उत्पत्ति हुई। हमारा मन अन्नमय है, प्राण जलमय है और वाक् तेजोमय है।'

श्वेतकेतु ने कहा, 'तात, इस बात को तनिक खोलकर समझाएं।'

आरुणि समझाते हुए कहने लगे, 'जो अन्न हम खाते हैं, वह खाने के पश्चात् तीन प्रकार का हो जाता है। उसका जो अत्यन्त स्थूल भाग होता है, वह मल हो जाता है, जो मध्य भाग है वह मांस हो जाता है और जो अत्यन्त सूक्ष्म होता है वह मन हो जाता है। इसलिए मन को अन्नमय कहा गया है। जो जल हम पीते हैं वह पिये जाने पर तीन प्रकार का हो जाता है। उसका जो स्थूल भाग है, वह मूत्र हो जाता है, जो मध्य भाग है वह रक्त हो जाता है और जो बहुत ही सूक्ष्म भाग है वह प्राण हो जाता है। इसीलिए प्राण जलमय कहलाता है। इसी प्रकार जो घृत आदि तेजोमय पदार्थ हम खाते हैं, वह तेज खाये जाने पर तीन प्रकार का हो जाता है। तेज का जो स्थूल भाग होता है, वह हड्डी हो जाता है, जो मध्य भाग है वह मज्जा हो जाता है और जो सूक्ष्मतम भाग है वह वाक् हो जाता है। इसीलिए वाक् तेजोमय है।'

श्वेतकेतु का प्रसन्नता के कारण चेहरा चमक उठा। फिर भी उसने पिता से निवेदन किया, 'कृपया आप मुझे इस बात को पुनः समझाएं।'

आरुणि पुत्र की जिज्ञासा से प्रसन्न हुए। उन्हें यह अच्छा लगा कि पुत्र इस बात को भली प्रकार समझ लेना चाहता है। उन्होंने कहा, 'तात, इस प्रसंग को तुम मथे जाते हुए दही के दृष्टान्त से समझो। जैसे दही के मथने पर उसका सूक्ष्म भाग मक्खन ऊपर आ जाता है, ठीक उसी प्रकार खाये हुए अन्न की स्थिति है। उसका सूक्ष्म अंश ऊपर आ जाता

है। वही मन है। इसी प्रकार जल और तेज को समझो।'

श्वेतकेतु ने और भी अधिक जानने का आग्रह किया। पिता ने उसे पन्द्रह दिन बिना भोजन दिये केवल जल पीकर रहने की सलाह दी। श्वेतकेतु ने वैसा ही किया। सोलहवें दिन वह पिता के पास आया और बोला, 'अब आपकी क्या आज्ञा है?'

पिता ने कहा, 'बेटा, ऋक्, यजुः और साम का पाठ करो।' पुत्र बोला, 'भगवन्, मुझे उसका स्फुरण ही नहीं हो पाता, तब पाठ कैसे करूं?'

आरुणि कहने लगे, 'पुत्र, पुरुष सोलह कलाओं वाला है। जिस प्रकार बहुत-से ईंधन से प्रज्वलित हुए अग्नि का एक जुगनू के बराबर अंगारा रह जाए तो वह उससे अधिक दाह नहीं कर सकता, उसी प्रकार भोजन की तेरी सोलह कलाओं में से केवल एक ही कला रह गई है। इसी कारण तुझको वेद का स्फुरण नहीं हो रहा। अब जाकर तू भोजन कर, फिर बात करेंगे।'

श्वेतकेतु ने भोजन किया और स्वस्थ होकर पिता के पास आया। अब पिता ने जो कुछ पूछा, वह सब बताता चला गया। पिता ने कहा, 'अब तो तुम समझ गए कि मन अन्नमय है। भोजन करने से तुम्हारी चेतना जाग्रत् हो उठी और सब कुछ अपने-आप ही स्फुरित होता चला गया।'

श्वेतकेतु ने स्वीकृति में सिर हिलाया। आरुणि ने आगे समझाया, 'पुत्र, अन्न, प्राण और तेज तथा इनसे संबंधित जीव सत् का स्वरूप है। मरने पर प्राणी का वाक् मन में लीन हो जाता है, मन प्राण में, प्राण तेज में और तेज सत् में समा जाता है। सत् ही आत्मा है, सत् ही परमात्मा है, सत् ही तू भी है।'

पुत्र ने पुनः समझाने का आग्रह किया, तो पिता बोले, 'जिस प्रकार मधुमक्खियां मधु एकत्र करती हैं और नाना दिशाओं के नाना वृक्षों-

लताओं-पुष्पों का रस लाकर सबको एक मेल कर देती हैं, किन्तु रस उस मधु में यह पहचान नहीं कर पाते कि हम अमुक वृक्ष-लता-पुष्प के हैं, ठीक उसी प्रकार प्राणी की स्थिति है।'

श्वेतकेतु ने सन्देह व्यक्त किया, 'किन्तु हम सत् को जान नहीं पाते क्यों?'

आरुणि बोले, 'जान पाते हैं, बल्कि यों कहो कि अनुभव करते हैं। पूरा ज्ञान न होने के कारण उसे बता नहीं पाते।'

'भला कैसे?'

'वह बहुत सूक्ष्म जो है।'

'सूक्ष्म किस प्रकार हुआ?'

इस पर पिता ने आज्ञा दी कि जा, तू जाकर वट वृक्ष का एक फल ले आ। आरुणि की आज्ञा पाकर श्वेतकेतु फल ले आया। पिता से बोला, 'फल तो मैं ले आया, अब क्या आज्ञा है।'

'अब इसे फोड़।'

'भगवन्, फोड़ दिया।'

'इसमें क्या देखता है?'

'भगवन्, इसमें ये अणु के समान छोटे-छोटे दाने हैं।'

'अच्छा बेटा, इन दानों में से किसी एक दाने को फोड़।'

'लीजिए, यह भी फोड़ दिया।'

'इसमें क्या देखता है?'

'इसमें तो कुछ भी नहीं दीखता, पिता जी, यह तो बहुत ही सूक्ष्म है।'

'पुत्र, जिस सूक्ष्म को तू नहीं देख पा रहा, वही सूक्ष्म इतने विशाल वट वृक्ष का कारण है। ठीक यही बात सत् और जगत् के सम्बन्ध में है।'

'कुछ-कुछ समझा तो, किन्तु भली प्रकार अनुभव नहीं कर पा रहा हूं।'

श्वेतकेतु की उस बात पर आरुणि हंस दिये, उन्होंने उसे थोड़ा-सा नमक दिया और कहा कि अब तू जाकर विश्राम कर। कल प्रातः होने पर यह नमक एक जलपात्र में डालकर लेते आना। तभी बातें होंगी।

श्वेतकेतु ने पिता की आज्ञा का पालन किया। रातभर चिन्तन और विश्राम करने के बाद प्रातः जल-पात्र में नमक डालकर पिता की सेवा में उपस्थित हुआ। जलपात्र उनकी ओर बढ़ाते हुए बोला, 'पिता जी! यह लीजिए।'

'बेटा, यह क्या है?'

'जलपात्र है, पिता जी!'

'और नमक?'

'नमक मैंने आपकी आज्ञानुसार इस जलपात्र में ही डाल दिया था।'

'तो इस जलपात्र से नमक निकालकर मुझे दे दो।'

श्वेतकेतु ने पात्र में हाथ डालकर नमक निकालने की बहुत चेष्टा की, पर नमक न निकला। उसने व्यग्र होकर पिता की ओर देखा। वे हंसकर बोले, 'बेटा, नमक जल में ही है। वह इतना सूक्ष्म हो गया है कि तू उसे पहचान नहीं पाता। अच्छा, अब एक काम कर। थोड़ा जल लेकर आचमन कर।'

श्वेतकेतु ने थोड़ा जल लिया और आचमन किया। पिता ने पूछा, 'कैसा है?'

'नमकीन है।'

'अच्छा, अब इस जल के कुछ भाग करके उन भागों का भी आचमन करो।'

श्वेतकेतु ने आचमन किया तो सभी भाग नमकीन थे। पिता ने कहा, 'देखो बेटा, जैसे सूक्ष्म नमक है और तुम उसे देख नहीं पाते, किन्तु

अनुभव करते हो, वैसे ही सत् ही सत्ता है। वह सर्वत्र, सबमें विद्यमान है। हम उसे स्थूल रूप में देख नहीं पाते, पर कार्य और परिणाम में अनुभव करते हैं।'

श्वेतकेतु का समाधान हो गया, तो उसने सन्तुष्ट होकर पिता के चरणों में शीश झुकाया।

6. नारद जी ने सनत्कुमार से पूछा

ब्रह्मा के चार पुत्रों में से एक सनत्कुमार भी थे। नारद जी भी ब्रह्मा के मानस-पुत्र कहे गए हैं। एक दिन नारद जी सनत्कुमार से मिलने गए और उनसे बोले, 'भगवन्, आप मुझे उपदेश दीजिए।'

सनत्कुमार ने नारद से कहा, 'पहले तुम जो कुछ जानते हो, वह सब मुझे बताओ, उसके बाद मैं तुम्हें उसके आगे जो कुछ सम्भव होगा बताऊंगा।'

नारद ने कहा, 'भगवन्, मैं ऋग्वेद, यजुर्वेद, सामवेद और अथर्ववेद जानता हूं। इसके अलावा इतिहास-पुराण, व्याकरण, श्राद्धकल्प, गणित, उत्पातज्ञान, निधिशास्त्र, तर्कशास्त्र, नीति, देवविद्या, ब्रह्मविद्या, भूतविद्या, क्षत्रविद्या, नक्षत्रविद्या, सर्पविद्या, नृत्य-संगीत आदि सब जानता हूं। आप भी यह सब जानते ही हैं।'

सनत्कुमार बोले, 'तुम तो बहुत कुछ जानते हो, फिर और क्या-क्या जानना चाहते हो?'

नारद ने कहा, 'भगवन्, मैं केवल मंत्र का ज्ञान ही रखता हूं। आत्मज्ञान मुझे नहीं है। मैंने आप जैसों से सुना है कि जो आत्मज्ञानी है वह शोक को पार कर लेता है। मैं तो शोक करता हूं। इसलिए आप मुझे आत्मज्ञान की शिक्षा देकर मुझे शोक से पार कर दीजिए।'

सनत्कुमार ने नारद जी को समझाया, 'तुम जो कुछ जानते हो, वह सब 'नाम' है, अतः तुम नाम की उपासना करो।'

नारद बोले, 'मैं आपका आशय नहीं समझा।'

'जो कुछ है, वह सब ब्रह्म रूप है, नाम भी ब्रह्म है ऐसा मानकर नाम की उपासना करो। फिर जहां तक नाम की गति है, वहां तक तुम्हारी भी गति हो जाएगी।'

नारद ने जिज्ञासा प्रकट की, 'भगवन्, क्या नाम से भी अधिक कुछ है?'

'हां, है।'

'तो आप मुझे वही बताइए।'

'नाम से बढ़कर वाक् है। जो कुछ तुम जानते हो, जिसे अभी तुमने बताया है, उस सबका ज्ञान वाक् के द्वारा ही हुआ है। द्युलोक, पृथ्वी, वायु, आकाश, जल, तेज, देव, मनुष्य, पशु, पक्षी, तृण, वनस्पति, जन्तु, कीट-पतंग, चींटी तक के सभी प्राणी धर्म-अधर्म, सत्य-असत्य, साधु-असाधु, सुन्दर-असुन्दर जो भी है, सब वाक् द्वारा ही जाना गया है। वाणी ही इन सबका ज्ञान कराता है, अतः तुम वाक् की उपासना करो। वाणी को ही ब्रह्म मानकर उपासना करोगे, तो जहां तक वाणी की गति है, तुम्हारी भी गति वहां तक हो जाएगी।'

नारद जी ने फिर पूछा, 'भगवन्, क्या वाणी से भी बढ़कर कुछ है?'

'हां, है।'

'तो वही मुझे बताइए।'

'वाणी से बढ़कर मन है। नाम और वाक् दोनों मन के भीतर आ जाते हैं।'

'कृपया मुझे समझाकर बताइए।'

'जिस प्रकार दो आंवले, दो बेर, दो बहेड़े मुट्ठी में आ जाते हैं, उसी प्रकार वाक् और नाम मन में आ जाते हैं। इसे इस प्रकार जानो-व्यक्ति जिस समय मन से विचार करता है कि मंत्रों का पाठ करूं, तभी पाठ करता है; जिस समय मन से सोचता है, काम करूं, तभी काम करता है; जब मन में पुत्र, धन आदि की इच्छा करने की सोचता है

तभी इच्छा कर पाता है और जब ऐसा संकल्प करता है कि इस लोक और परलोक की कामना करूं, तभी उनकी कामना करता है। अतः मन ही आत्मा है मन ही लोक है और मन ही ब्रह्म है, अतः तुम मन की उपासना करो।'

नारद जी ने कहा, 'मुझे लगता है कि उसके आगे भी कुछ है, अतः आप मुझे संक्षेप में वही सब समझायें।'

सनत्कुमार ने समझाया, 'मन से बढ़कर है संकल्प, क्योंकि संकल्प किये बिना मन किसी कर्म में प्रवृत्त नहीं हो सकता। वायु और आकाश संकल्प करते हैं, तो जल और तेज प्रकट होते हैं, उनके संकल्प से वृष्टि होती है, वृष्टि के संकल्प से अन्न होता है, अन्न के संकल्प से जीवधारी।'

'संकल्प से बढ़कर क्या है?'

'चित्त संकल्प से बढ़कर है, क्योंकि जिस समय पुरुष चेतनावान् होता है तभी संकल्प करता है। सोचो, यदि कोई मनुष्य बहुत कुछ जानता है, किन्तु किसी कर्म में चित्त नहीं लगता, तो लोग उसे यही तो कहते हैं कि यह तो कुछ भी नहीं जानता, यदि यह कुछ जानता होता तो उसमें चित्त लगाकर कार्य सिद्ध करता! इसलिए चित्त ही श्रेष्ठ है।'

'चित्त से श्रेष्ठ क्या है? क्योंकि चित्त को स्थिर करना आसान नहीं है।'

'चित्त से बढ़कर ध्यान है। ध्यान करनेवाले का चित्त स्थिर रहता है। जो ध्यान करता है, उसका चित्त समर्थ हो जाता है, वह फिर किसी की निन्दा-चुगली आदि में नहीं लगता।'

'इसके भी आगे जो है, वह सब भी मुझे बताइए।'

'ध्यान से बड़ा विज्ञान है। विज्ञान द्वारा ही वह सब जाना जाता है, जो तुम जानते हो। विज्ञान से भी बड़ा बल है, क्योंकि एक बलशाली सौ विज्ञानवानों को भी हिला देता है। बल से ही उठने, उठकर चलने, चलने पर दर्शन, श्रवण, मनन करनेवाला हो जाता है। बल से ही यह सब करता हुआ मनुष्य बोधवान्, कर्त्ता और विज्ञाता हो जाता है। सृष्टि

का सारा कार्य-व्यापार बल के ही कारण हो रहा है। हाथी से लेकर चींटी तक सभी कोई बल के आधार से ही कर्म करते हैं।'

'और बल का कारण कौन है? इससे बढ़कर क्या है?'

'बल से श्रेष्ठ है अन्न, क्योंकि जीवित रहता हुआ भी प्राणी यदि दस दिन अन्न न खाये तो बलहीन हो जाता है। उसकी देखने, सुनने, समझने, मनन करने आदि की शक्तियां क्षीण हो जाती हैं। और अन्न से बड़ा है जल, क्योंकि जल के बिना अन्न की उत्पत्ति संभव नहीं है। जल से बड़ा है तेज, तेज से ही जल की उत्पत्ति होती है।'

'वह कैसे?'

'तेज जिस समय वायु को निश्चल कर आकाश को सब ओर से तपाता है तो लोग यही कहते हैं, बड़ा ताप है, गर्मी बढ़ रही है, वर्षा होगी। अतः तेज से जल की उत्पत्ति होती है, इस प्रकार तेज जल से बढ़कर है।'

'तेज से बढ़कर क्या है?'

'तेज से बढ़कर आकाश है, क्योंकि आकाश में हर तेज समाया है। सूर्य, चन्द्र, नक्षत्र, बिजली, अग्नि सब आकाश में हैं। आकाश के द्वारा हम पुकार पाते हैं, सुन पाते हैं। आकाश से ही सब उत्पन्न हैं और आकाश में ही सब विलीन हो जाते हैं।'

'परन्तु आकाश तो हमें कर्म में प्रवृत्त नहीं करता; उसके भी आगे वह क्या है, जो हमें कर्मों की ओर ले जाता है?'

'वह स्मरण है, वह आकाश से भी बढ़कर है। मनुष्य जब स्मरण करता है, तभी वह सुनने-समझने और कर्म में प्रवृत्त होने की सोचता है। स्मरण करने से ही मनुष्य अपने परिजनों-पुरजनों तथा अन्य सम्बन्धियों को पहचानता है। स्मरण आशा से जागृत होता है, अतः आशा स्मरण से बड़ी है। आशा के कारण ही मनुष्य सब कर्म करता है और क्योंकि प्राण रहते आशा है, अतः प्राण आशा से बढ़कर है। प्राण सुख चाहता है और सुख भूमा है, भूमा ही अमृत है। हे नारद, तुम निष्ठा, श्रद्धा और

पूरी मति के साथ सत्य और अमृत रूप भूमा की उपासना करो!'

'भूमा क्या है, थोड़ा समझाकर कहिए न?'

'भूमा आत्मा है, वह सर्वज्ञ है। ऊपर-नीचे, आगे-पीछे, दाएं-बाएं, सब कहीं आत्मा है। आत्मा से ही सबका सम्बन्ध है, सब उससे जुड़ा है और उससे सबकी उत्पत्ति हुई है। आत्मा ही सत्य है। ब्रह्मचर्य से आत्मा का ज्ञान होता है और आत्मज्ञान से ही ब्रह्म की प्राप्ति होती है।'

सनत्कुमार का उपदेश सुन नारद जी सन्तुष्ट हुए। उन्होंने ब्रह्मचर्य का व्रत लिया और आत्मज्ञानी हुए। उनका अज्ञान अंधकार जाता रहा।

आत्मज्ञान की खोज में इन्द्र

आत्मा के मुख्यतः आठ गुण माने गए हैं–वह पापों से रहित है, बुढ़ापा उसे नहीं सताता, उसकी मृत्यु नहीं होती, वह शोकरहित है, उसे भूख नहीं लगती, उसे प्यास नहीं सताती, वह सत्यकाम है और आत्मा सत्य संकल्प है। प्रजापति की कही हुई यह बात परम्परा से चली आ रही है। देवता और असुर दोनों ने भी इस बात को सुना, वे कहने लगे, 'हम उस आत्मा को जानना चाहते हैं, जो इन आठ गुणों से सम्पन्न है और जिसे जानने पर जीव सम्पूर्ण लोकों और समस्त भोगों को प्राप्त कर लेता है।' दोनों में यह बात जानने की होड़ लगी, तो निश्चय किया गया कि देवताओं के राजा इन्द्र और असुरों के राजा विरोचन प्रजापति के पास आत्मा का रहस्य जानने के लिए जाएं। निश्चयानुसार इन्द्र और विरोचन परस्पर ईर्ष्या से भरे हुए हाथों में समिधाएं लेकर प्रजापति की सेवा में जा पहुंचे। वहां वे यज्ञादि करते हुए ब्रह्मचर्य व्रत का पालन करते बत्तीस वर्ष रहे। इतना लम्बा समय बीत जाने पर प्रजापति ने उनसे पूछा, 'तुम यहां किस इच्छा से रह रहे हो?'

इन्द्र और विरोचन ने कहा, 'भगवन्, हमने सुना है कि जो आत्मा पापरहित, जरारहित, मृत्युरहित, शोकरहित, क्षुधाहीन, तृषाहीन, सत्यकाम और सत्य संकल्प है, उसकी खोज करनी चाहिए और उसे विशेष रूप से जानने की इच्छा करनी चाहिए। जो उस आत्मा की खोज कर उसे विशेष रूप से जान लेता है, वह सम्पूर्ण लोक और समस्त भोगों को

प्राप्त कर लेता है। शिष्टजनों का कहना है कि यह बात आपने ही कही है, इसीलिए हमें आत्मा को जानने की इच्छा से आपकी सेवा में उपस्थित हुए हैं। कृपया हमें आत्मज्ञान कराइए।'

प्रजापति ने कहा, 'यह जो पुरुष नेत्रों में दिखाई देता है, आत्मा है। यह अमृत है, अभय है, यह ब्रह्म है।'

दोनों जिज्ञासुओं ने प्रश्न किया, 'भगवन्, यह जो जल में सब ओर दिखाई देता है और जो दर्पण में दिखाई देता है, उनमें आत्मा कौन-सा है?'

प्रजापति बोले, 'मैंने नेत्रों के अन्तर्गत जिसका वर्णन किया है, वही इन सबमें भी सब ओर दिखाई देता है।'

'भला किस प्रकार?'

'तुम जल से भरा पात्र लो और उसमें अपने-आप को देखकर आत्मा के बारे में जानने का प्रयत्न करो, उस पर भी तुम जो न जान सको, वह मुझे बताओ।'

उन दोनों ने जल से भरा पात्र लिया और अपने-आप को उस जल में देखा। प्रजापति ने प्रश्न किया, 'बताओ, तुम क्या देखते हो?'

उन्होंने कहा, 'हम अपने-आप को ज्यों-का-त्यों और नख-पर्यन्त सम्पूर्ण रूप से देख रहे हैं।'

प्रजापति ने उनसे पुनः कहा, 'अच्छा, अब तुम लोग भली प्रकार सुसज्जित होकर, सुन्दर और अच्छे वस्त्रालंकार पहनकर स्वच्छ और मोहक बनकर जल में अपने-आप को देखो।

उन दोनों ने वैसा ही किया। प्रजापति ने पूछा, 'अब बताओ, तुम क्या देखते हो?'

उन दोनों ने कहा, 'भगवन्, हम जल में दो आकृतियां देख रहे हैं। जिस प्रकार हम दोनों ने उत्तम और सुन्दर वस्त्रालंकार धारण कर रखे हैं उसी प्रकार जल में दीखने वाले प्रतिबिम्बों ने भी धारण कर रखे हैं।'

प्रजापति बोले, 'यही आत्मा है, यह अमृत और अभय है, यही ब्रह्म है।'

प्रजापति की बात सुनकर दोनों शान्तचित्त वहां से चल दिये। प्रजापति ने उन्हें दूर गया देख विचार किया, 'ये दोनों आत्मा को प्राप्त किए बिना, उसका साक्षात्कार किए बिना चले जा रहे हैं। यह ठीक नहीं है। देवता हो या असुर, जो भी अधूरा ज्ञान प्राप्त करेगा, वह पराजित होगा। उसका नाश निश्चित है।'

विरोचन ने असुरों के पास जाकर बताया, 'मैं आत्मविद्या जान आया हूं। इस लोक में यह शरीर ही सेवा करने, सजाने और पूजा करने योग्य है। शरीर की ही पूजा और सेवा-शुश्रूषा करने वाला पुरुष इस लोक और परलोक दोनों लोकों को प्राप्त कर लेता है।' असुर सन्तुष्ट हो गए।

किन्तु इन्द्र देवताओं के पास नहीं गया। उसे भय हुआ कि मैं आत्मज्ञान नहीं पा सका हूं। बात अभी अधूरी है। जल में तो अच्छा और सुसज्जित शरीर अच्छा और सुसज्जित ही दिखाई देगा, तब तो अन्धा होने पर अन्धा, गल जाने पर गला हुआ, अपंग होने पर अपंग ही दिखाई देगा। इस शरीर का नाश हो जाने पर जल में कुछ भी नहीं दिखाई देगा, प्रतिबिम्ब का भी नाश हो जाएगा। यह छायात्मदर्शन तो किसी काम का नहीं, यही सोचकर इन्द्र हाथ जोड़े हुए प्रजापति के पास लौट आया।

इन्द्र को अपने सामने हाथ जोड़े खड़ा देख प्रजापति ने प्रश्न किया, 'इन्द्र, तुम तो विरोचन के साथ शान्तचित्त होकर चले गए थे, अब किस इच्छा से पुनः यहां आए हो?'

इन्द्र ने कहा, 'भगवन्, मैं शांतचित्त नहीं हुआ हूं। मैंने भली प्रकार विचार किया है और मेरा समाधान नहीं हुआ है। देव, मैंने सोचा है कि जिस प्रकार यह छायात्मा इस शरीर के अच्छी तरह सुसज्जित होने पर सजा-धजा दीखता है, सुंदर वस्त्रधारी होने पर सुन्दर वस्त्रधारी दीखता है, और स्वच्छ होने पर स्वच्छ दीखता है, उसी प्रकार इसके अन्धे होने पर अन्धा, जर्जर और खण्डित होने पर जर्जर और खण्डित भी दीखता

है। इस शरीर का नाश हो जाने पर यह भी नष्ट हो जाता है। विनाशवान् वस्तु के सम्बन्ध में मुझे कोई फल दिखाई नहीं देता। आत्मा के जो गुण आपने बताए हैं, वे कहां रहे?'

प्रजापति ने कहा, 'इन्द्र, जो तुम कह रहे हो, वह ठीक है। यह बात ऐसी ही है। अब तुम बत्तीस वर्ष रहकर पुनः यज्ञादि के साथ ब्रह्मचर्य व्रत का पालन करो। बत्तीस वर्ष बाद मैं तुम्हें इसकी व्याख्या करके पुनः समझा दूंगा।'

इन्द्र ने पुनः बत्तीस वर्ष तक वहां तप किया। तब प्रजापति ने उन्हें स्वप्न का दृष्टान्त देकर आत्मा-विषयक ज्ञान दिया। उन्होंने कहा, 'जो यह स्वप्न में पूजित होता हुआ विचरता है, वह आत्मा है। स्वप्न में तुम अपने को जिस रूप में देखते हो, वह तुम्हारा आत्मस्वरूप ही आत्मा है। यह अमृत है, अभय है और यही ब्रह्म है।'

प्रजापति की बात सुनकर इन्द्र वहां से शान्तचित्त होकर चल पड़े। चल तो पड़े, किन्तु मार्ग में उन्हें फिर शंका हुई। विचार करते हुए वे इस सन्देह पर पहुंचे कि जल से स्वप्न की स्थिति में अन्तर तो है। यह शरीर अन्धा होता है, पर स्वप्न में दिखाई देने वाला शरीर अन्धा नहीं होता, यह शरीर जर्जर और खण्डित होता है, किन्तु स्वप्न का शरीर ऐसा नहीं होता अथवा इसके विपरीत भी होता है। हम हर प्रकार से ठीक होते हैं, किन्तु स्वप्न में विकृत दिखाई देते हैं। यह सब होते हुए भी यह देह मारने, डांटने-डपटने रोने आदि से प्रभावित होती है। इस प्रकार स्वप्न के आत्मदर्शन में मुझे कोई फल नहीं दिखाई देता। यही सोचते हुए इन्द्र प्रजापति की ओर लौट पड़े।

अपने सामने इन्द्र को पुनः हाथ जोड़े खड़ा देख प्रजापति ने पूछा, 'इन्द्र, तुम तो शान्तचित्त होकर चले गए थे, अब किस इच्छा से लौट आए हो?'

इन्द्र ने कहा, 'भगवन्, विचार करने पर मुझे स्वप्न में हुआ आत्मदर्शन व्यर्थ जान पड़ा। मैंने देखा है कि यह शरीर अन्धा होता है तो भी स्वप्न

शरीर अन्धा नहीं होता, यह रोगी होता है, पर वह निरोग रहता है। स्वप्न शरीर इस शरीर के दोष से दूषित नहीं होता; किन्तु फिर भी उसे मानो कोई मारता हो, कोई ताड़ना देता हो और उसके कारण मानो वह अप्रिय का अनुभव करता हो, दु:ख से रोता हो। ऐसा अनुभव होने के कारण मुझे स्वप्न से होने वाले आत्मदर्शन में कोई उपयोगिता नहीं दिखाई देती आप कृपया मुझे स्पष्ट समझाएं।'

प्रजापति इन्द्र की जिज्ञासा को समझ गए। इन्होंने कहा, 'तुम ठीक कहते हो। मैं तुम्हें समझाऊंगा, किन्तु तुम्हें पहले की तरह फिर से बत्तीस वर्ष यहां रहना पड़ेगा।'

इन्द्र ने आज्ञा शिरोधार्य की और बत्तीस वर्ष तक पुनः तप किया। तदनंतर प्रजापति की सेवा में उपस्थित हुए। प्रजापति ने कहा, 'इन्द्र, जिस अवस्था में यह सोया हुआ न तो कुछ देखता ही है और न भली प्रकार आनन्द मनाता हुआ स्वप्न का अनुभव करता है, वही आत्मा है। यह अमृत है, अभय है और यही ब्रह्म है।'

प्रजापति का यह उपदेश सुनकर इन्द्र वहां से चल पड़ा, किन्तु देवताओं के पास जाने से पूर्व ही उसे फिर सन्देह हुआ। उसने सोचा कि यह भी ठीक नहीं है। निद्रा की उस अवस्था में तो उसे यह ज्ञान भी नहीं होता कि यह मैं हूं। वह दूसरे जड़-चेतन समुदाय को भी नहीं पहचानता। उस समय तो यह मानो विनाश को प्राप्त हो जाता है। निद्रावस्था के इस आत्मदर्शन में भी कोई सार नहीं दिखाई देता। यही सोचकर इन्द्र पुनः प्रजापति के पास जा पहुंचा।

प्रजापति ने इन्द्र को अपने आगे हाथ बांधे खड़ा देखा, तो बोले, 'अब किसलिए आए हो?'

इन्द्र ने कहा, 'यह निद्रावस्था का आत्मदर्शन भी मुझे उपयोगी नहीं जान पड़ा। इस अवस्था में तो निश्चय ही इसे यह भी ज्ञान नहीं होता कि यह मैं हूं और न यह दूसरे पदार्थों या प्राणियों को ही जानता है। उस अवस्था में तो यह मानो नष्ट ही हो जाता है। इसमें भी मुझे कोई

इष्टफल नहीं दीख पड़ता। आप कृपया, मुझे फिर से समझाइए।'

प्रजापति ने स्वीकृति दी और कहा, 'अच्छा, अब की बार तुम केवल पांच वर्ष ही यहां रहकर पूर्ववत् तप करो। तदनन्तर मैं तुम्हें समझाऊंगा।'

इन्द्र ने पांच वर्ष तक पुनः तप किया। अब उन्हें तप करते हुए कुल एक सौ एक वर्ष हो गए। वे प्रजापति के समीप जाकर खड़े हो गए। प्रजापति ने कहा, 'इन्द्र, एक सौ एक वर्ष के ब्रह्मचर्य के बाद तुम उपदेश के अधिकारी हुए। मैं तुम्हें समझाता हूं। ध्यान से सुनो। इन्द्र, यह शरीर वास्तव में मरणशील है, यह मृत्यु का ग्रास है। यह देह अमृत तथा अशरीरी (शरीरहीन सूक्ष्म) आत्मा का निवासस्थान है। आत्मा जब तक शरीर में है, तब तक उसे शरीर को व्याप्त होने वाले प्रिय–अप्रिय गुणों का अनुभव है। शरीर से अलग होते ही आत्मा को प्रिय–अप्रिय कुछ भी नहीं व्याप्त होता। वह विराट् में मिल जाता है। इसे इस प्रकार समझो, नाक गंध ग्रहण करने का माध्यम है, वह सूंघती नहीं है, जो सूंघता है, वह तो सूक्ष्म आत्मा है। इसी प्रकार देखने का काम आत्मा करता है, नेत्र नहीं। बोलने का काम आत्मा करता है, वाणी नहीं। सुनता आत्मा है, कान नहीं। मनन वाला सूक्ष्म आत्मा है, मन उसका माध्यम है। स्वाध्यायपूर्वक जो अपनी इन्द्रियों को अपने अन्तःकरण में स्थापित करता है, वही आत्मसाक्षात्कार कर पाता है।'

प्रजापति के इस उपदेश से इन्द्र सन्तुष्ट होकर देवताओं के निकट जा पहुंचे।

–'छान्दोग्योपनिषद्' से

घमंडी पुरुष और अजातशत्रु

गार्ग्य गोत्र में उत्पन्न बालाकि नामक एक पुरुष बड़ा घमंडी था। उसे इस बात का अभिमान था कि वह आत्मा और ब्रह्म के बारे में सब कुछ जानता है। घमंड में भरा हुआ वह एक दिन काशिराज अजातशत्रु के पास जा पहुंचा। राजा ने पूछा, 'कहिए, आपके यहां तक आने का क्या कारण है?'

बालाकि बोला, 'मैं तुम्हें ब्रह्म का उपदेश कराने के लिए आया हूं।'

अजातशत्रु ने प्रसन्नतापूर्वक कहा, 'अहोभाग्य! आप यहां पधारे। आपकी इस कृपा के लिए मैं आपको एक हज़ार गौएं देता हूं। आपने तो बिना मांगे मेरी मनचाही वस्तु दे दी। लोग राजा जनक की बहुत प्रशंसा करते हैं, उन्हें बडा दानी और बड़ा श्रोता माना जाता है। ये दोनों बातें आपने अपने वचन से मेरे लिए सुलभ कर दीं, इसलिए मैं आपको एक हज़ार गौएं देता हूं।'

बालाकि ने कहा, 'यह जो आदित्य में पुरुष है, इसी की मैं ब्रह्मरूप से उपासना करता हूं।'

अजातशत्रु ने कहा, 'इसके विषय में बात करना व्यर्थ है। यह सब भूतों का मस्तक है और इसीलिए सबका राजा बनकर दीप्तिमान् है, यह सबको लांघकर स्थित है, अतः ब्रह्म इसे मत कहो।'

तब बालाकि ने चन्द्रमा में रहने वाले पुरुष को ब्रह्म कहा। अजातशत्रु ने कहा, 'यह महान् राजा की भांति शुक्ल वस्त्रधारी सोम है। इसका अन्न क्षीण नहीं होता, पर यह ब्रह्म नहीं है।'

'यह जो विद्युत में पुरुष है, इसी का मैं ब्रह्म रूप से उपासना करता हूं।' बालाकि ने कहा।

'नहीं, यह तेजस्वी रूप तो है, पर ब्रह्म नहीं है। जो कोई इसकी उपासना करता है, वह भी तेजस्वी हो जाता है और उसकी सन्तान भी। पर ब्रह्म इसके भी आगे है।' अजातशत्रु बोले।

तब बालाकि ने आकाश में स्थित पुरुष को ब्रह्म बताया। अजातशत्रु ने कहा, 'नहीं, इसकी उपासना से सन्तान तथा पशु धन आदि की प्राप्ति तो होती है, पर यह ब्रह्म नहीं है।'

बालाकि बोला, 'यह जो वायु में पुरुष है, इसकी मैं ब्रह्म रूप से उपासना करता हूं।'

अजातशत्रु ने कहा, 'ऐसा भी नहीं है। अलबत्ता इसकी उपासना से मनुष्य विजयी, अपराजित और शत्रु को जीतने वाला हो जाता है।'

'अग्नि में स्थित पुरुष ही ब्रह्म है।'

'नहीं इसकी उपासना से सहनशक्ति तो आती है, पर ब्रह्म नहीं है।'

'जल में स्थित पुरुष ही ब्रह्म है।'

'वह केवल प्रतिरूप ही प्रदान करता है, इससे पुत्र की उत्पत्ति होती है, अप्रतिरूप वह नहीं दे सकता।'

'शब्द ही ब्रह्म है।' बालाकि बोला। अजातशत्रु ने कहा, 'नहीं, इसकी प्राण रूप से उपासना की जाती है। इसका उपासक पूर्णायु प्राप्त करता है।'

इसी प्रकार बालाकि ने दिशा, छाया, दर्पण आदि में स्थित पुरुष को ब्रह्म बताया, अजातशत्रु ने उससे भी इनकार किया। तब बालाकि

ने कहा, 'यह जो आत्मा में पुरुष है, मैं इसी की ब्रह्म रूप में उपासना करता हूं।'

अजातशत्रु ने उसका भी खंडन किया और कहा, 'इसकी मैं आत्मवान् रूप से उपासना करता हूं। जो इसकी इस रूप में उपासना करता है वह आत्मवान् होता है और उसकी सन्तान भी आत्मवान् होती है।'

इसके आगे बालाकि कुछ नहीं कह सका और मौन हो गया। उसे मौन देखकर अजातशत्रु ने पूछा, 'बस, क्या इतना ही है? इसके आगे कहने को कुछ नहीं है क्या?'

बालाकि ने कहा, 'हां, इतना ही है।'

अजातशत्रु बोले, 'इतने से ब्रह्म नहीं जाना जाता, भौतिक विशेषताओं की प्राप्ति अवश्य हो जाती है। ब्रह्म इससे भी आगे है।'

अब बालाकि का घमंड चूर-चूर हो गया, वह विवश होकर कहने लगा, 'मैं शिष्य भाव से आपकी शरण में हूं, आप मुझे ब्रह्म-सम्बन्धी उपदेश दीजिए।'

अजातशत्रु ने कहा, 'ब्राह्मण क्षत्रिय के पास उपदेश ग्रहण करने की इच्छा से आए यह बड़ी विपरीत बात है, पर आप कहते हैं, तो मैं जितना कुछ जानता हूं, आपको अवश्य बताऊंगा। आइए, यहां से अन्यत्र चलें।'

अजातशत्रु बालाकि को एक व्यक्ति के पास लेकर पहुंचे। वह व्यक्ति सो रहा था। अजातशत्रु ने उसे नाम ले–लेकर पुकारा, 'हे ब्रह्म! हे पाण्डरवास! हे सोमराजन्! उठिए!' पर वह व्यक्ति नहीं उठा। तब अजातशत्रु ने उसे हाथ से झकझोरकर जगाया, तो वह उठ बैठा। अजातशत्रु ने बालाकि से प्रश्न किया, 'यह विज्ञानमय पुरुष है, यह जब सोया हुआ था, तब कहां था? और अब यह कहां से आया है?'

बालाकि कोई उत्तर नहीं दे पाया। उसे मौन और दुविधा में देख अजातशत्रु ने कहा।

'सुप्त अवस्था में यह विज्ञानमय पुरुष विज्ञान के द्वारा इन्द्रियों की

शक्ति को ग्रहणकर हृदय के भीतर आकाश में स्थित था। तब कोई भी इन्द्रिय काम नहीं कर रही थी। केवल आत्मा ही अन्य स्थिति का साक्षी होता है। स्वप्न में कभी यह महाराजा होता है, कभी भिखारी, कभी ऊंचा और कभी नीचा। इन सबका साक्षी आत्मा ही है। और जो स्वप्न के बिना जागती हुई अवस्था है उसका साक्षी भी आत्मा है। यदि सपने में कोई भिखारी राजा हो जाए, तो क्या वह राजा हो जाता है? जागने पर फिर भिखारी रहता है। उसे भिखारी रूप में देखने वाला आत्मा है और राजा के रूप में देखने वाला भी आत्मा ही है। आत्मा समस्त सत्यों का सत्य है। जैसे मकड़ी तन्तुओं के सहारे ऊपर को चढ़ती है, जैसे अग्नि से अनेक छोटी-बड़ी चिनगारियां निकलती हैं, उसी प्रकार इस आत्मा का फैलाव है। इसी आत्मा से समस्त प्राण, समस्त लोक, समस्त देवगण और समस्त चेतन प्राणी विविध रूपों में उत्पन्न होते हैं। अतः आत्मसाक्षात्कार करो, उसी से ब्रह्म को जानोगे!'

ब्रह्म के दो रूप हैं–मूर्त और अमूर्त। इसे ही मर्त्य और अमृत जड़ और चेतन, असत् और सत् कह सकते हैं।

याज्ञवल्क्य और मैत्रेयी का संवाद

महर्षि याज्ञवल्क्य की दो पत्नियां थीं–मैत्रेयी और कात्यायनी। मैत्रेयी ब्रह्मवादिनी थी और कात्यायनी साधारण स्त्रियों के समान बुद्धि रखती थी। एक दिन याज्ञवल्क्य ने मैत्रेयी से कहा, 'मैत्रेयी, मैं इस गृहस्थ आश्रम को छोड़ सब कुछ त्यागकर अन्यत्र जाने वाला हूं। मेरा विचार संन्यास लेने का है। इस सम्बन्ध में मैं तेरी अनुमति लेना चाहता हूं और चाहता हूं कि कात्यायनी के साथ तेरा बंटवारा कर दूं।'

मैत्रेयी ने कहा, 'आप जो कुछ करने जा रहे हैं कुछ सोच-विचारकर ही करने जा रहे होंगे, पर क्या मैं कुछ प्रश्न कर सकती हूं?'

'हां, अवश्य, बोलो क्या जानना चाहती हो?'

'भगवन्, यदि धन से सम्पन्न यह सारी धरती मेरी हो जाए, तो क्या मैं अमर हो सकती हूं?'

'नहीं, भोग सामग्रियों को लेकर व्यक्तियों का जैसा जीवन होता है, वैसा ही तेरा भी होगा। धन–दौलत से अमरता की आशा करना व्यर्थ है।'

'तब जिसे लेकर मैं अमर नहीं हो सकती, उसे लेकर क्या करूंगी? आप तो मुझे ऐसा साधन बताइए, जिससे मुझे अमरता प्राप्त हो सके।'

याज्ञवल्क्य मैत्रेयी के विचार से बहुत प्रसन्न हुए। वे बोले, 'मैत्रेयी,

तू सच्चे अर्थों में प्रिया है। प्रिया वही है, जो प्रियतम के चित्त को प्रसन्न करे। तू सदा से ही मेरे मन को प्रसन्न करती आई है, अतः तू सदा ही प्रिया रही है। आज भी तूने मेरे मन को प्रसन्न करने वाली बात कही, अतः आज भी तू मेरी प्रिया है। मैं निश्चय ही तुझे अमरता की साधना के बारे में बता दूंगा। तू मेरी बताई बात का चिन्तन करना। आ, मेरे निकट बैठ।'

मैत्रेयी याज्ञवल्क्य के निकट बैठ गई। महर्षि ने कहना शुरू किया, 'प्रियतमे, यह बात निश्चित रूप से जान लेनी चाहिए कि पति को पत्नी पत्नी के प्रयोजन के लिए प्रिय नहीं होती, बल्कि अपने ही लिए प्रिय होती है, इसी प्रकार पत्नी को भी पति पति के प्रयोजन के लिए नहीं, अपने लिए प्रिय होते हैं, अन्य पिता आदि के सम्बन्ध में भी यही बात है। सब कोई अपने लिए ही दूसरे को प्रिय मानते हैं। प्राणियों के प्रयोजन के लिए प्राणी प्रिय नहीं होते, अपने लिए ही होते हैं। कहने का भाव यह कि यह अपना आप अर्थात् आत्मा ही दर्शनीय, श्रवणीय, मननीय और ध्यान योग्य है। इस आत्मा के ही दर्शन, श्रवण, मनन तथा विज्ञान से इस सबका ज्ञान हो जाता है।

'चारों वेद, इतिहास, पुराण, विद्या, सूत्र, उपनिषद्, श्लोक, मंत्र और उनका विकास आदि जो कुछ भी है, वह सब परमात्मा के नि:श्वास हैं। आत्मा इस परमात्मा का ज्ञाता है। परमात्मतत्त्व अनन्त, अपार और विज्ञानधन ही है। यह भूत समुदाय से प्रकट होकर उन्हीं के साथ अदृश्य हो जाता है। जिस प्रकार जल में डाला हुआ नमक का डला जल में, ही घुल-मिल जाता है, उसे जल से निकालने के लिए कोई समर्थ नहीं होता तथा जहां-जहां से भी उस जल को लिया जाए वह नमकीन ही जान पड़ता है, उसी प्रकार यह परमात्म तत्त्व है। देहेन्द्रिय भाव से मुक्त होने पर अर्थात् शरीर के नाश हो जाने पर इससे अलग होकर आत्मतत्त्व की कोई विशेष संज्ञा नहीं रहती।'

यह सुनकर मैत्रेयी ने प्रश्न किया, 'यह आप क्या कह रहे हैं नाथ!

मर जाने के बाद इसे किसी विशेष नाम से नहीं जाना जा सकता, यह आप क्या कह रहे हैं? ऐसा कहकर तो आपने मुझे सन्देह में डाल दिया है।'

महर्षि याज्ञवल्क्य बोले, 'प्रियतमे, मोह या सन्देह में डालने के लिए मैंनें ऐसा नहीं कहा। मेरे विचार में परमात्मा का विशेष रूप से ज्ञान कराने के लिए इतना काफ़ी है। तुम अविद्या की स्थिति और विद्या की स्थिति को अलग-अलग समझ नहीं पा रही हो। याद रखो, जहां अविद्या की स्थिति है, वहां द्वैतभाव है, आत्मा से अन्य को अलग मानने का भाव है, ऐसी स्थिति में ही दूसरा दूसरे को देखता, सुनता, समझता है। लेकिन जहां इसके लिए सब आत्मा ही हो गया है, वहां कौन किसके द्वारा किसे जाने?

'आत्मा का ग्रहण नहीं किया जा सकता, उसका विनाश नहीं होता, वह आसक्त नहीं होता, वह व्यथित क्षीण नहीं होता। उसे 'नेति नेति' कहा गया है, अर्थात् जितना कुछ उसके बारे में बताया गया है, वह उतना ही नहीं है। इसीलिए मैंने यह कहा कि उसे किसी विशेष नाम से नहीं जाना जा सकता। आत्मा आत्मा ही है।'

मैत्रेयी प्रसन्न हो उठी। उसे आत्मतत्त्व का ज्ञान कराना ही महर्षि का उद्देश्य था।

जनक के यज्ञ में याज्ञवल्क्य

विदेहराज राजा जनक ने एक बार बहुत बड़ा यज्ञ किया। उसमें उन्होंने बहुत बड़ी दक्षिणा देने का विचार किया। उस यज्ञ में कुरु और पांचाल देश के भी ब्राह्मण एकत्र हुए। उस समय राजा जनक के मन में यह जानने की इच्छा हुई कि इन उपस्थित ब्राह्मणों में प्रवचन करने में सबसे बढ़कर कौन है। इसके लिए उन्होंने और तो बहुत-सा दान दे दिया, गौएं आदि भी प्रदान कर दीं। किन्तु एक हज़ार गौएं गोशाला में ही रोक लीं। प्रत्येक गाय के सींगों में असंख्य स्वर्ण बंधे हुए थे।

राजा जनक ने ब्राह्मणों से कहा, 'पूज्य ब्राह्मण देवताओ! आप में से जो ब्रह्मनिष्ठ हो, वह इन गायों को ले जाए।' किन्तु किसी भी ब्राह्मण का साहस न हुआ। कोई भी आगे नहीं आया। तब राजा ने निराशा से इधर-उधर देखा। राजा को निराश देखकर महर्षि याज्ञवल्क्य ने अपने एक ब्रह्मचारी से कहा, 'भद्र सामश्रवा, तू ही इन गायों को ले जा।' सामश्रवा ने महर्षि की आज्ञा का पालन किया और गोशाला से उन एक हज़ार गायों को हांक ले चला।

गायों को इस प्रकार ले जाते देखकर सभी ब्राह्मण क्रुद्ध हो उठे और कहने लगे, 'क्या यह सबसे बढकर ब्रह्मनिष्ठ है? इसे गायों को ले जाने का क्या अधिकार है?'

राजा जनक का होता अश्वल था। ब्राह्मणों को क्रुद्ध होते देख उसने

याज्ञवल्क्य से प्रश्न किया, 'याज्ञवल्क्य, हम सबमें क्या तुम ही ब्रह्मनिष्ठ हो, जो तुमने गायों को ले जाने का विचार किया।'

याज्ञवल्क्य ने कहा, 'ब्रह्मनिष्ठ को तो हम नमस्कार करते हैं, हम तो गौओं की इच्छा रखते हैं, इसलिए ब्रह्मचारी को इन्हें ले जाने का आदेश दिया।'

अश्वल ने कहा, 'अच्छा तो पहले हमारे प्रश्नों का उत्तर दो, फिर गाएं ले जाना।'

याज्ञवल्क्य उत्तर देने के लिए तैयार हो गए तो अश्वल ने प्रश्न किया, 'महर्षि, यह सब जो मृत्यु के जाल में फंसा है,उस मृत्यु के प्रसार को यजमान किस साधन के द्वारा जीतता है?'

याज्ञवल्क्य ने कहा, 'यज्ञमान होता ऋत्विक रूप अग्नि से और वाक् से उसे जीत लेता है, क्योंकि वाक् ही यज्ञ का वास्तविक होता है, वाक् ही अग्नि है, वही होता है, वही मुक्ति है। यज्ञ ही मुक्ति है।'

अश्वल ने फिर पूछा, 'यह जो कुछ हम देख रहे हैं, वह सब दिन और रात के अधीन है। यजमान किस साधन के द्वारा दिन और रात को अपने अधीन करता है?'

'चक्षु के द्वारा, यह चक्षु ही आदित्य है, अतः समझो कि आदित्य के द्वारा ही दिन और रात को अपने अधीन किया जाता है।'

अश्वल ने फिर प्रश्न किया, 'अच्छा याज्ञवल्क्य, यह बताओ कि यह जो अन्तरिक्ष है, वह तो निराधार है फिर यजमान किस आधार से स्वर्गलोक में चढ़ता है?'

महर्षि बोले, 'यज्ञ में नियत ब्रह्मा के द्वारा, मन रूप चन्द्रमा से। ब्रह्मा यज्ञ रूप मन ही है और यह जो मन है वही यह चन्द्रमा है।'

फिर प्रश्न हुआ, 'आज कितनी ऋचाओं के द्वारा इस यज्ञ में होता पाठ करेगा?'

उत्तर था, 'तीन के द्वारा।'

'वे तीन कौन-सी हैं।'

'वेद-मंत्रों की पुनरावृत्ति द्वारा जिसे पुरोनुवाग्या कहते हैं, दक्षिणा के द्वारा जिसे याज्या कहते हैं और अक्षत-फल आदि द्वारा जिसे शस्या कहते हैं।'

'इनसे यजमान किसको जीतता है?'

'समस्त प्राणी समुदाय को अपने वश कर लेता है।'

'आज इस यज्ञ में पुरोहित कितनी आहुतियां होम करेगा?'

'तीन।'

'वे तीन कौन-कौन-सी हैं?'

'एक तो वे जो होम की जाने पर प्रज्वलित होती हैं, दूसरी वे जो होम की जाने पर बहुत शब्द करती हैं, और तीसरी वे जो होम की जाने पर पृथ्वी के ऊपर लीन हो जाती हैं।'

'इनके द्वारा यजमान किसको जीतते हैं?'

'प्रथम से देवलोक को, क्योंकि उससे देवलोक दीप्तिमान हो उठता है; दूसरी से पितृलोक को जीतता है और तीसरी से मनुष्यलोक को जीत लेता है।'

अश्वल ने फिर पूछा, 'अच्छा, यह बताओ कि ब्रह्मा यज्ञ में दक्षिण की ओर बैठकर कितने देवताओं द्वारा यज्ञ की रक्षा करता है?'

'केवल एक के द्वारा।' महर्षि ने कहा।

'वह एक देवता कौन है?'

'मन ही वह देवता है। मन अनन्त है और विश्वेदेव भी अनन्त है, अतः उस मन से यजमान अनन्त लोक को जीत लेता है।'

अश्वल का समाधान हो गया था, अतः वह चुप हो गया।

अब आर्तभाग की बारी आई। उसने भी याज्ञवल्क्य से प्रश्न पूछे, महर्षि ने उनका भी उत्तर दिया, जो इस प्रकार है:

'याज्ञवल्क्य, ग्रह और अतिग्रह क्या है?'

'समझने का साधन ग्रह है और ग्रह का विषय अतिग्रह है। अन्य

प्रकार से कहूं तो ज्ञानेन्द्रियां ही ग्रह हैं। और उनके विषय ही अतिग्रह हैं।'

'उनकी संख्या कितनी है?'

'आठ।'

'कौन-कौन-से? स्पष्ट कर कहो।'

'प्रत्येक ग्रह का अतिग्रह है। प्राण ग्रह है, अपान अतिग्रह, क्योंकि अपान के द्वारा ही गन्धों को सूंघा जाता है; वाक् ग्रह है, नाम अतिग्रह; जिह्वा ग्रह है, रस अतिग्रह; चक्षु ग्रह है, रूप अतिग्रह; श्रोत्र (कर्णेन्द्रिय) ही ग्रह है, शब्द अतिग्रह; मन ग्रह है, कामअतिग्रह, क्योंकि मन से ही कामना की जाती है; हाथ ग्रह, कर्म अतिग्रह; त्वचा (चमड़ी) ग्रह है, स्पर्श अतिग्रह। इस प्रकार आठ ग्रह और आठ अतिग्रह हुए।'

'यह सब कुछ जो प्रसार है, सबका सब मृत्यु का भोजन है, मौत सबको लील जाती है। वह कौन-सा देवता है, जो मृत्यु को भी खा जाता है?'

'अग्नि ही मृत्यु है, क्योंकि वही सबको लील जाती है, जल अग्नि को भी लील जाता है।'

'जिस समय यह मनुष्य मरता है, उस समय इसके प्राण क्या ऊपर चले जाते हैं?'

'नहीं-नहीं, ऐसा नहीं है। वे यहां ही लीन हो जाते हैं। वायु में विलीन हो जाते हैं।'

'जिस समय इस मृत पुरुष की वाणी अग्नि में, प्राण वायु में, चक्षु सर्य में, मन चन्द्रमा में, कर्णेन्द्रियां दिशा में, शरीर पृथ्वी में, हृदय आकाश में रोम ओषधियों में, केश वनस्पतियों में, रक्त और वीर्य जल में विलीन हो जाते हैं, उस समय आत्मपुरुष कहां रहता है?'

'कर्मानुसार ही इसकी स्थिति होती है। पुण्यकर्म से पुण्यलोक में और दुष्कर्म या पापकर्म से इस पापलोक में।'

आर्तभाग का समाधान हो जाने पर भुज्यु ने प्रश्न किया, 'याज्ञवल्क्य,

एक बार हम व्रत का पालन करते हुए मद्रदेश में विचर रहे थे कि घूमते हुए कपिगोत्र में उत्पन्न पतंचल के घर जा पहुंचे। पतंचल की पुत्री पर गन्धर्व का प्रकोप था। हमने उससे पूछा, 'तू कौन है!' वह बोली, 'आंगिरस सुधन्वा हूं।' हमने उससे लोकों के अन्त के बारे में जानते हुए यह प्रश्न भी किया कि पारीक्षित कहां रहे? परीक्षित के पुत्र पारीक्षित कहां रहे?' हे, याज्ञवल्क्य, वही प्रश्न हम आपसे पूछते हैं, 'बताइए, पारीक्षित कहां रहे?'

याज्ञवल्क्य ने कहा, मेरा विश्वास है कि गंधर्व ने उत्तर दिया होगा कि पारीक्षित वहां रहे, जहां अश्वमेध यज्ञ करने वाले जाते हैं।'

'तो कृपया, बताइए अश्वमेध यज्ञ करनेवाले कहां जाते हैं?'

'यह लोक बत्तीस देवरथाहन्य के बराबर माना गया है। सूर्य के रथ की गति से एक दिन में संसार का जितना भाग नापा जाए, उसे देवरथाहन्य कहते हैं। 32 देवरथाहन्य के बराबर इस लोक को उससे दूनी पृथ्वी चारों ओर से घेरे हुए है। उसको भी सब ओर से दूना समुद्र घेरे हुए है। सो जितनी पतली धुरे की धार होती है अथवा जितना सूक्ष्म मक्खी का पंख होता है, उतना उन ब्रह्माण्डों के बीच में आकाश है। वहां वायु है। उसी में परीक्षित रहे और वहीं अश्वमेध यज्ञ करने वाले जाते हैं। वायु ही व्यष्टि है, वायु ही समष्टि है। व्यष्टि अर्थात् एक अंश, समष्टि अर्थात् अंशों का समूह, अनन्त विस्तार।'

अपनी बात का उत्तर पाकर भुज्यु भी मौन हो गया, फिर चाक्रायण और कहोल ने भी आत्मा के बारे में प्रश्न किए। तदनन्तर गार्गी ने याज्ञवल्क्य से प्रश्न किए। वे प्रश्नोत्तर इस प्रकार थे।

'यह जो कुछ रचना है, वह जल में ओतप्रोत है, किन्तु जल किसमें ओतप्रोत है?'

'वायु में।'

'और वायु किसमें ओतप्रोत हैं?'

'अन्तरिक्षलोकों में।'

'और वे लोक किसमें ओतप्रोत हैं?'

'गन्धर्वलोकों में।'

'गन्धर्वलोक किसमें ओतप्रोत हैं?'

'आदित्यलोकों में।'

'आदित्यलोक किसमें ओतप्रोत हैं?'

'चन्द्रलोक में।'

'चन्द्रलोक किसमें ओतप्रोत हैं?'

'नक्षत्रलोकों में।'

'नक्षत्रलोक किसमें ओतप्रोत है?'

'देवलोकों में।'

'देवलोक किसमें ओतप्रोत हैं?'

'इन्द्रलोक में।'

'इन्द्रलोक किसमें ओतप्रोत हैं?'

'प्रजापतिलोकों में।'

'प्रजापतिलोक किसमें ओतप्रोत हैं?'

'ब्रह्मलोकों में।'

'ब्रह्मलोक किसमें ओतप्रोत हैं?'

इस प्रश्न पर याज्ञवल्क्य बोले, 'गार्गी, यह तेरा अति प्रश्न है, ब्रह्मलोक के सम्बन्ध में अति प्रश्न अर्थात् व्यर्थ के प्रश्न करना समझदारी नहीं है। इससे तो यह प्रकट होगा कि तुम कुछ भी नहीं जानती अर्थात् कोरे प्रश्नों में तुम्हारी रुचि है। तुम वास्तव में कुछ भी जानना नहीं चाहती हो।'

याज्ञवल्क्य की यह बात सुनकर गार्गी मौन हो गई। उसके बाद आरुणि उद्दालक ने याज्ञवल्क्य से प्रश्न किया, 'क्या आप उस सूत्र को जानते हैं, जिसमें यह लोक, परलोक और सारा भूत समुदाय गुंथा हुआ है और क्या तुम उस अन्तर्यामी को जानते हो, जो इस लोक-परलोक

और समस्त भूतों को भीतर से नियमित करता है? याद रहे, मैं यह सब जानता हूं। यदि तुम जानते हो, तो बताओ और यदि बिना जाने ही इन गायों को ले गए, तो तुम्हारा मस्तक गिर जाएगा।'

याज्ञवल्क्य ने कहा, 'मैं उस सूत्र और अन्तर्यामी को जानता हूं।'

उद्दालक बोला, 'मैं जानता हूं, ऐसा तो कोई भी कह सकता है। ऐसा व्यर्थ ढोल पीटने से क्या लाभ है? यदि वास्तव में आपको उसका ज्ञान है, तो वह कहो।'

याज्ञवल्क्य ने उत्तर दिया, 'भद्र, वायु ही वह सूत्र है, जिसके द्वारा यह लोक, परलोक और समस्त भूत समुदाय गुंथे हुए हैं। वायु के न रहने से ही सबका अन्त हो जाता है।'

उद्दालक ने कहा, 'यह तो ठीक है, अब आप अन्तर्यामी के बारे में बताओ!'

याज्ञवल्क्य ने कहा, 'जो पृथ्वी, जल, अग्नि, अन्तरिक्ष, वायु, द्युलोक, आदित्य, दिशा, चन्द्रमा, आकाश, तप, तेज, समस्त भूत, प्राण, वाणी, नेत्र, श्रोत्र, मन, चमड़ी, विज्ञान, वीर्य आदि के भीतर रहता है, जो इनसे संबंधित प्राणियों के भीतर रहता है और सभी किसी का नियमन करता है वही तुम्हारा आत्मा अन्तर्यामी अमृत है। अन्तर्यामी इन सबको जानता है, पर ये सब उसे नहीं जानते। वह दिखाई न देने वाला है, किन्तु देखने वाला है; सुनाई न देने वाला है, किन्तु सुनने वाला है; वह मनन करने वाला है; आसानी से ज्ञात न होने वाला, किन्तु विशेष रूप से जानने वाला है। इस अन्तर्यामी से भिन्न सब नाशवान् हैं।'

उद्दालक का समाधान हो गया था। वह चुप हो गया। गार्गी पुनः उठी और उसने कहा, 'पूजनीय ब्राह्मणो, आज मैं महर्षि याज्ञवल्क्य से दो प्रश्न पूछूंगी। यदि इन्होंने मेरे इन दो प्रश्नों का उत्तर दे दिया तो आप

में से कोई भी इन्हें ब्रह्म-सम्बन्धी वाद में नहीं जीत सकेगा।'

ब्राह्मणों ने कहा, 'अच्छा गार्गी, प्रश्न पूछो।'

गार्गी ने याज्ञवल्क्य से कहा, 'याज्ञवल्क्य, जिस प्रकार काशी या विदेह का रहने वाला कोई वीर-वंशज पुरुष धनुष पर डोरी चढ़ाकर शत्रुओं को अत्यन्त पीड़ा देने वाले दो फल वाले बाण हाथ में लेकर खड़ा होता है, उसी प्रकार मैं दो प्रश्न लेकर तुम्हारे सामने उपस्थित हूं। तुम मुझे उनका उत्तर दो।'

'गार्गी, प्रश्न पूछो, मैं तैयार हूं।' याज्ञवल्क्य ने कहा।

गार्गी बोली, 'जो द्युलोक से ऊपर है, जो पृथ्वी से नीचे है और जो द्युलोक और पृथ्वी के बीच में है और स्वयं भी जो ये द्युलोक और पृथ्वी हैं, जो भूत, वर्तमान और भविष्य हैं, वे किसमें ओतप्रोत हैं?'

'ये सब आकाश में ओतप्रोत हैं।' उत्तर था।

गार्गी बोली, 'याज्ञवल्क्य, आपने मेरे पहले प्रश्न का उत्तर दिया, इसके लिए आप नमस्कार योग्य हैं। अब आप मेरे दूसरे प्रश्न का उत्तर दीजिए।'

'पूछिए!' महर्षि ने सहर्ष कहा।

'आकाश किसमें ओत-प्रोत है?' गार्गी बोली। महर्षि याज्ञवल्क्य ने बताना आरंभ किया, 'गार्गी, आकाश जिसमें ओत-प्रोत है, उस तत्त्व को ब्रह्मवेत्ता अक्षर कहते हैं। वह अक्षर न मोटा है, न पतला; न छोटा है, न बड़ा; न ठोस है, न तरल न छाया है, न अंधकार; न वायु है, न आकाश; वह रस, गंध, नेत्र, कान, वाणी, मन, तेज, प्राण, मुख, भाव कुछ भी नहीं है। उसमें भीतर-बाहर का कुछ भी नहीं है, वह कुछ भी नहीं खाता, उसे भी कोई नहीं खाता।

इस अक्षर के ही प्रशासन में सूर्य और चन्द्रमा स्थिर तथा स्थित रहते हैं। द्युलोक और पृथ्वी भी इसी तत्त्व के प्रशासन में स्थित हैं। निमेष,

मुहूर्त्त, दिन, रात, पक्ष, मास, ऋतु, समवत्सर सभी इसके प्रशासन में स्थित हैं। नदी, पर्वत, दिशा, जो कुछ भी है सब इसी के वश में है। जो कोई इस लोक में इस अक्षर को न जानकर हवन करता है, यज्ञ करता है और हज़ारों वर्ष तक तप करता है, उसका वह सब अन्त वाला ही होता है, सब व्यर्थ हो जाता है। अक्षर को जाने बिना ही जो मरकर अन्य लोक में जाता है वह अभागा है; जो इसे जानता है, वह सौभाग्यशाली है, ब्रह्मवेत्ता है। हे गार्गी! यह अक्षर स्वयं दृष्टि का विषय नहीं है, किन्तु द्रष्टा है; श्रवण का विषय नहीं, किन्तु श्रोता है; स्वयं विज्ञाता है, किन्तु दूसरों से अविज्ञाता (अनजाना) रहता है। इससे अलग दूसरा कोई भी द्रष्टा, श्रोता, विज्ञाता नहीं है।'

याज्ञवल्क्य यह कहकर मौन हो गए। गार्गी ने ब्राह्मणों से कहा, 'पूज्य ब्राह्मणों! आप लोग इसी को अपना सौभाग्य मानें कि आप महर्षि याज्ञवल्क्य को नमस्कार करें, इसी में आपका छुटकारा हो जाए। यह निश्चय है कि ब्रह्म-संबंधी वाद में याज्ञवल्क्य को कोई हरा नहीं सकता।'

गार्गी याज्ञवल्क्य के सामने नतमस्तक होकर मौन हो गई। वहां बहुत ही ज्ञानी, पंडित और सभाचतुर शाकल्य भी बैठा था। उसने कहा, 'यदि याज्ञवल्क्य चाहें, तो मेरे प्रश्नों का उत्तर भी दें। मुझे भी कुछ पूछना है।' याज्ञवल्क्य ने सहर्ष स्वीकार कर लिया। तब शाकल्य ने पूछा, 'कितने देवगण हैं?'

याज्ञवल्क्य ने कहा, 'देवताओं की संख्या बताने वाले मंत्रपदों में जितने बताये गए हैं, वे तीन और तीन सौ तथा तीन और तीन सहस्र अर्थात् तीन हज़ार तीन सौ छ: हैं।'

शाकल्य ने कहा, 'ठीक है, अच्छा बताओ, कितने देव हैं?'

'तैंतीस।'

शाकल्य ने फिर वही प्रश्न दोहराया, 'कितने देव हैं?'

महर्षि का उत्तर था, 'छः।' इसी प्रकार बार-बार पूछे जाने पर याज्ञवल्क्य ने तीन, दो, डेढ़ और एक तक देव संख्या बताई।

शाकल्य ने फिर प्रश्न किया, 'वे तीन और तीन सौ तथा तीन और तीन हज़ार देव कौन-से हैं?'

उत्तर था, 'ये तो इनकी महिमाएं ही हैं। देवगण तो तैंतीस ही हैं।'

'वे तैंतीस कौन-से हैं?'

याज्ञवल्क्य ने बताया, 'आठ बसु, ग्यारह रुद्र, बारह आदित्य, इन्द्र और प्रजापति सब मिलाकर तैंतीस हैं।'

'वसु कौन हैं?'

'अग्नि, पृथ्वी, वायु, अन्तरिक्ष, आदित्य, द्युलोक, चन्द्रमा और नक्षत्र ये वसु हैं, इन्हीं में सब जगत् समाया हुआ है, इसीलिए ये वसु हैं।'

'रुद्र कौन हैं?'

'पुरुष में दस प्राण (इन्द्रियां) और ग्यारहवां आत्मा (मन) है। ये जिस समय इस मरणशील शरीर में से निकले हैं, तब संबंधियों को रुलाते हैं। रोदन अर्थात् रुलाने का कारण होने से ही ये 'रुद्र' कहलाते हैं।'

'आदित्य कौन हैं?'

'संवत्सर के अंग बारह मास ही आदित्य हैं क्योंकि ये सब इसका ग्रहण करते हुए चलते हैं, अतः आदित्य कहलाते हैं।'

'इन्द्र कौन है?'

'विद्युत ही इन्द्र है।'

'प्रजापति कौन है?'

'यक्ष ही प्रजापति हैं।'

'छः देवगण कौन हैं?'

'अग्नि, पृथ्वी, वायु, अन्तरिक्ष, आदित्य और द्युलोक।'

'तीन देव कौन हैं?'

'तीन लोक ही तीन देव हैं।'

'दो देव कौन हैं?'

'अन्न और प्राण ही दो देव हैं।'

'डेढ़ देव कौन है?'

'यह जो बहता है, वायु।'

शाकल्य ने शंका की, 'वायु तो एक ही-सा बहता है, फिर डेढ़ किस प्रकार हुआ?'

याज्ञवल्क्य ने कहा, 'वायु बहता भी है और इसी में सब कुछ विकास को प्राप्त होता है, अतः यह डेढ़ ही है!'

'एक देव कौन है?'

'प्राण, इसी को ब्रह्म भी कहते हैं।'

शाकल्य ने तर्क दिया, 'पृथ्वी ही जिसका पवित्र विश्राम-स्थल है तथा जो दर्शनशक्ति और संकल्प-विकल्प का साधन है, जो भी उस पुरुष को सम्पूर्ण अध्यात्म-कार्य-कारण समूह का परम आश्रय मानता है, वही ज्ञाता है। तुम तो बिना जाने ही पंडित होने का अभिमान कर रहे हो।

याज्ञवल्क्य ने कहा, 'जिसे तुम सम्पूर्ण आध्यात्मिक कार्य-कारण समूह का आश्रय कह रहे हो, उस पुरुष को तो मैं जानता हूं, यह जो शरीरधारी पुरुष, आत्मा है, वही वह है, जो तुम बता रहे हो और बोलो, क्या कहना चाहते हो?'

शाकल्य ने पूछा, 'अच्छा, दूसरा देवता कौन है?'

'अमृत।'

'याज्ञवल्क्य, सुनो। काम ही जिसका आश्रयस्थल है, हृदय लोक है और मन ज्योति है, उस पुरुष को जो भी सम्पूर्ण आध्यात्मिक कार्य-कारण समूह का परम आश्रय जानता है, वही ज्ञाता है।'

'हां, मैं उसे भी जानता हूं। कामरूप पुरुष ही वह है।'

'उसका देवता कौन है?'

'स्त्रियां ही उसका देवता हैं।'

'रूप जिसका आश्रय है, चक्षु लोक है और मन ज्योति है, उस परमात्मा को तुम जानते हो?'

'हां जानता हूं, वह आदित्य में विद्यमान पुरुष है।'

'उसका देवता कौन है?'

'सत्य ही उसका देवता है।'

'आकाश ही जिसका परम आश्रय है, श्रोत्र लोक है और मन ज्योति है, उस परम आश्रय को तुम जानते हो?'

'जो भी यह कर्णेन्द्रिय-सम्बन्धी सुनने वाला पुरुष है, वही वह परम आश्रय है।'

'उसका देवता कौन है?'

'दिशाएं ही उसका देवता हैं।'

'तम ही जिसका आश्रय स्थान है, हृदय लोक है, मन ज्योति है, उस परम आश्रय को तुम जानते हो?'

'हां, जो भी यह छायामय पुरुष है, वही यह है।'

'उसका देवता कौन है?'

'मृत्यु।'

'रूप ही जिसका आश्रय स्थान है, नेत्र लोक है, मन ज्योति है, उस परम आश्रय पुरुष को तुम जानते हो?'

'हां, जो भी यह दर्पण के भीतर पुरुष है, वही यह है।'

'उसका देवता कौन है?'

'असु अर्थात् प्राण ही उसका देवता है।'

'जल ही जिसका आधार है, हृदय लोक हैं, मन ज्योति है, उस परम आश्रय पुरुष को तुम जानते हो?'

'हां, जो भी यह जल में पुरुष है, वही वह परम आश्रय पुरुष है।'

'उसका देवता कौन है?'

'वरुण ही उसका देवता है।'

'कार्य ही जिसका निवास है, हृदय लोक है, मन ज्योति है, उस परम आश्रय रूप पुरुष को तुम जानते हो?'

'हां, जो भी यह पुत्ररूप पुरुष है, वही यह है।'

'उसका देवता कौन है?'

'प्रजापति ही उसका देवता है।'

शाकल्य के प्रश्नों से तंग आकर याज्ञवल्क्य ने कहा, 'अरे शाकल्य? मुझे ऐसा जान पड़ता है कि इन ब्राह्मणों ने निश्चय ही तुम्हें अंगारे निकालने वाला चिमटा बना रखा है।'

शाकल्य ने कहा, 'याज्ञवल्क्य, कुरु-पांचाल देश के इन ब्राह्मणों पर तुम जो इस प्रकार का आक्षेप कर रहे हो, सो क्या तुम ब्रह्मवेत्ता हो?'

याज्ञवल्क्य ने कहा, 'मेरा ब्रह्मज्ञान यह है कि मैं देवता और उसकी प्रतिष्ठा के सहित दिशाओं का ज्ञान रखता हूं।'

शाकल्य ने प्रश्न किया, 'यदि तुम देवता और प्रतिष्ठा के सहित दिशाओं का ज्ञान रखते हो, तो बताओ, इस पूर्व दिशा में तुम किस देवता से युक्त हो?'

याज्ञवल्क्य बोले, 'मैं वहां सूर्य देवता से युक्त हूं।'

'सूर्य किसमें प्रतिष्ठित है?'

'नेत्र में।'

'नेत्र किसमें प्रतिष्ठित है?'

'रूपों में, क्योंकि पुरुष नेत्र से ही रूपों को देखता है।'

'रूप किसमें प्रतिष्ठित है?'

'हृदय में, क्योंकि पुरुष हृदय से ही रूपों को जानता है।'

'शाकल्य बोला, 'ठीक है, अच्छा, यह बताओ, इस दक्षिण दिशा में तुम किस देवता वाले हो?'

उत्तर था, 'यम देवता वाला हूं।'

'यम किसमें प्रतिष्ठित है?'

'यज्ञ में।'

'यज्ञ किसमें प्रतिष्ठित है?'

'दक्षिणा में।'

'दक्षिणा किसमें प्रतिष्ठित है?'

'श्रद्धा में, क्योंकि जब पुरुष श्रद्धा करता है तभी दक्षिणा देता है।'

'श्रद्धा किसमें प्रतिष्ठित है?'

'हृदय में, क्योंकि हृदय से ही पुरुष श्रद्धा को जानता है।'

शाकल्य आगे बोला, 'ठीक है, अच्छा यह बताओ कि पश्चिम दिशा में तुम किस देवता वाले हो?'

याज्ञवल्क्य ने कहा, 'वरुण देवता वाला हूं।'

'वरुण किसमें प्रतिष्ठित है?'

'जल में।'

'जल किसमें प्रतिष्ठित हैं।'

'वीर्य में।'

'वीर्य किसमें प्रतिष्ठित है?'

'हृदय में, इसीलिए पिता के अनुरूप उत्पन्न हुए पुत्र को लोग कहते हैं कि यह मानो पिता के हृदय से ही उत्पन्न है।'

शाकल्य ने फिर कहा, 'ठीक है, अच्छा यह बताओ, इस उत्तर दिशा में तुम किस देवता वाले हो?'

'सोम देवता वाला हूं।' याज्ञवल्क्य ने कहा।

'सोम किसमें प्रतिष्ठित है?'

'दीक्षा में।'

'दीक्षा किसमें प्रतिष्ठित है?'

'सत्य में, इसलिए दीक्षा ग्रहण करने वाले से कहा जाता है कि सत्य बोलो।'

'सत्य किसमें प्रतिष्ठित है?'

'हृदय में, क्योंकि पुरुष हृदय से ही सत्य को जानता है।'

शाकल्य ने कहा, 'ठीक है, अब यह बताओ कि इस ध्रुवा (अन्तरिक्ष) दिशा में तुम किस देवता वाले हो?

याज्ञवल्क्य ने कहा, 'अग्नि देवता वाला हूं।'

'अग्नि किसमें प्रतिष्ठित है?'

'वाक् में।'

'वाक् किसमें प्रतिष्ठित है?'

'हृदय में।'

'हृदय किसमें प्रतिष्ठित है?'

याज्ञवल्क्य ने कहा, 'प्रेत!' फिर बोले, 'जिस समय तुम इसे हमसे अलग मानते हो, उस समय यदि यह हृदय हमसे अलग हो जाए, तो इस शरीर को कुत्ते खा जाएं अथवा यह पक्षियों का भोजन बने।'

शाकल्य ने पूछा, 'तुम अर्थात् यह शरीर और आत्मा (हृदय) किसमें प्रतिष्ठित है?'

'प्राण में।'

'प्राण किसमें प्रतिष्ठित है?'

'अपान में।'

'अपान किसमें प्रतिष्ठित है?'

'व्यान में।'

'व्यान किसमें प्रतिष्ठित है?'

'समान में,' यह कहकर याज्ञवल्क्य ने कहा, 'अरे शाकल्य! बार-बार प्रश्न क्या करता है? जिस आत्मा का 'नेति-नेति' कहकर बखान किया गया है, वह आत्मा न तो ग्रहण किया जा सकता है, न वह नष्ट होता है, उसे कोई काट भी नहीं सकता। पृथ्वी आदि आठ आश्रय स्थान हैं, अग्नि आदि आठ लोक हैं, अमृत आदि आठ देव हैं और शरीर आदि आठ पुरुष हैं। वह जो उन पुरुषों को निश्चयपूर्वक जानकर उनका अपने हृदय में उपसंहार करके परिवर्तनशील धर्मों (कार्य-व्यापारों) को लांघ चुका है, उपनिषदों में बताये गए उस पुरुष के बारे में मैं तुमसे पूछता हूं। अगर तुम उसके बारे में स्पष्ट रूप में मुझे कुछ नहीं बता सकोगे तो तुम्हारा सिर धड़ से अलग हो जाएगा।'

शाकल्य वह सब नहीं जानता था, अतः नहीं बता सका। फलस्वरूप उसका मस्तक धड़ से अलग होकर पृथ्वी पर गिर पड़ा।

अब याज्ञवल्क्य ने ब्राह्मणों को संबोधित कर उनसे कहा, 'पूजनीय ब्राह्मणो, आपमें से जिसकी इच्छा हो, वह मुझसे प्रश्न करे अथवा आप सभी मिलकर मुझसे प्रश्न करें और यदि आप चाहें, तो मैं आपमें से किसी एक से प्रश्न करूं या सामूहिक रूप में सभी से प्रश्न करूं। जैसा आप उचित समझे मुझे आदेश करें।'

किन्तु ब्राह्मणों का साहस न हुआ। याज्ञवल्क्य ने ही स्वयं प्रश्न द्वारा ब्रह्म के सम्बन्ध में उन्हें ज्ञान कराया। याज्ञवल्क्य ने कहा, 'जीव के शरीर

को विशाल वृक्ष की तरह समझो। वृक्ष के पत्ते होते हैं और पुरुष के शरीर में रोम होते हैं; वृक्ष में छाल होती है, शरीर में त्वचा (चमड़ी) होती है, जैसे वृक्ष की छाल से रस या गोंद निकलता है वैसे ही पुरुष के शरीर से त्वचा में से रक्त निकलता है। जैसे वृक्ष में रेशे, काठ आदि है, वैसे ही पुरुष की देह में शिराएं, हड्डियां आदि हैं। प्रश्न है कि यदि वृक्ष को काट दिया जाता है, तो वह अपने मूल से पुनः और भी नया होकर अंकुरित हो आता है, इसी प्रकार मनुष्य को यदि मृत्यु लील जाय तो मनुष्य किस मूल से उत्पन्न होगा? आप कह सकते हैं कि वीर्य से उत्पन्न होगा, पर ऐसा कहना ठीक नहीं, क्योंकि वीर्य तो जीवित पुरुष से ही उत्पन्न होता है, मृतक से नहीं। वृक्ष भी केवल तने से ही उत्पन्न नहीं होता, बीज से भी उत्पन्न होता है, किन्तु बीज से उत्पन्न होने वाला वृक्ष भी कट जाने के बाद पुनः अंकुरित हो जाता है, पर यदि वृक्ष को जड़ सहित उखाड़ दिया जाए, तो वह फिर अंकुरित नहीं होगा, किन्तु मनुष्य तो मरकर पुनः उत्पन्न होता है, ऐसी दशा में मृत्यु के पश्चात् उसे कौन उत्पन्न करता है? इसका उत्तर यह है कि ब्रह्म ही मनुष्य को उत्पन्न करता है, जैसे सृष्टि को करता है। ब्रह्म स्वयं आनन्दरूप है। वह शाश्वत है।'

ब्राह्मणों से बातचीत करने के बाद याज्ञवल्क्य राजा जनक के पास गए। जनक ने उनसे पूछा, 'कहिए याज्ञवल्क्य जी, कैसे आना हुआ? गायों की इच्छा से अथवा ब्रह्मचर्चा सुनने के लिए?'

याज्ञवल्क्य बोले, 'राजन्, मैं दोनों की इच्छा लेकर आपकी सेवा में उपस्थित हुआ हूं। अतः यदि किसी आचार्य से आपने ब्रह्म के बारे में कुछ सुना है तो कृपया मुझे भी बताइए।'

राजा जनक ने कहा, 'मुझसे शिलिन के पुत्र जित्वा ने कहा है कि वाक् ही ब्रह्म है।'

याज्ञवल्क्य बोले, 'ठीक ही कहा है, क्योंकि जिसके वाक् अर्थात् वाणी नहीं है, वह बिना बोले क्या लाभ प्राप्त कर सकता है? किन्तु क्या जित्वा ने ब्रह्म के आश्रय और प्रतिष्ठा भी बताये हैं?'

जनक ने कहा, 'नहीं।'

याज्ञवल्क्य ने कहा, 'तब तो आपको एक पाद वाले ब्रह्म की ही बात कही गई है।'

जनक बोले, 'तब उसके बारे में आप ही मुझे बताइए।'

याज्ञवल्क्य ने बताया, 'वाक् ही उसका आश्रय है, निवास स्थान है, आकाश प्रतिष्ठा है। प्रज्ञा को यही मानकर उसकी उपासना करनी चाहिए।'

जनक ने पूछा, 'प्रज्ञता क्या है?'

महर्षि बोले, 'राजन्, वाक् ही प्रज्ञता है, वाक् से ही सगे-सम्बन्धियों का ज्ञान होता है और चारों वेद, इतिहास, पुराण, विद्या, उपनिषद्, श्लोक, सूत्र, व्याख्यान, धर्म, लोक–परलोक आदि भी वाक् से ही जाने जाते हैं। हे सम्राट्, वाक् ही परब्रह्म है।'

राजा जनक ने प्रसन्न होकर महर्षि से कहा, 'याज्ञवल्क्य जी, जिनसे हाथी के समान बैल उत्पन्न हो, मैं ऐसी एक हज़ार गौएं आपको देता हूं।'

याज्ञवल्क्य ने कहा, 'राजन्, मेरे पिताजी का सिद्धान्त था कि शिष्य को उपदेश के द्वारा कृतार्थ किए बिना उसका धन नहीं लेना चाहिए। इसलिए अन्य किसी आचार्य से आपने ब्रह्म के बारे में जो सुना हो, वह मुझे बताइए।'

जनक ने कहा, 'शुल्व के पुत्र उदंक ने प्राण ही ब्रह्म है, ऐसा बताया था।'

याज्ञवल्क्य बोले, 'ठीक ही कहा, क्योंकि जो प्राण अर्थात् सांस नहीं लेता, वह तो मृतक ही है, किन्तु प्राणरूप ब्रह्म का निवास और प्रतिष्ठा भी उदंक ने बताए कि नहीं?'

'नहीं।' जनक ने उत्तर दिया।

'तब तो यह भी एक पाद वाला ही ब्रह्म है।'

'कृपया, उसके बारे में आप मुझे बताएं।'

'प्राण ही उसका निवास है, आकाश प्रतिष्ठा है। उसकी 'प्रिय' रूप से उपासना करनी चाहिए।'

'प्रियता क्या है?' जनक ने पूछा।

याज्ञवल्क्य बोले, 'प्राण ही प्रियता है, प्राण के लिए ही लोग सब कुछ करते हैं, प्राण के लिए ही सब ओर से शंकित रहते हैं, अतः प्राण ही प्रिय है और वही परमब्रह्म है।'

राजा जनक ने कहा, 'ये एक हज़ार गाएं आप ले लीजिए।'

याज्ञवल्क्य बोले, 'नहीं, अभी नहीं, किसी अन्य आचार्य ने ब्रह्म के बारे में जो कुछ आपसे कहा हो, वही आप कहें।'

राजा जनक ने बताया, 'वृष्ण के पुत्र वर्क ने बताया कि चक्षु ही ब्रह्म है।'

याज्ञवल्क्य बोले, 'ठीक ही है, क्योंकि जो देखता नहीं है, वह जीवन व्यर्थ ढोता है, किन्तु क्या उसने तुम्हें उसके निवास और प्रतिष्ठा भी बताए?'

'नहीं।'

'तब यह ब्रह्म भी एक पाद वाला ही है। सुनो, चक्षु ही उसका निवास है, आकाश प्रतिष्ठा है, इसकी सत्य रूप से उपासना करनी चाहिए।'

'सत्यता क्या है?'

'चक्षु ही सत्यता है, क्योंकि आंखों से जो देखा जाता है, वह सच्चाई का प्रमाण होता है।'

राजा जनक ने पुनः प्रश्न करने पर याज्ञवल्क्य से कहा, 'भारद्वाज

गोत्र में उत्पन्न गर्दभीविपीत ने मुझे बताया कि श्रोत्र ही ब्रह्म है, परन्तु मुझे उसके आश्रय और प्रतिष्ठा के बारे में नहीं बताया। कृपया, आप ही बताएं।'

'हे राजन्, श्रेय अर्थात् कर्णेन्द्रिय ही उसका आश्रय है, आकाश प्रतिष्ठा है। इसकी 'अनन्त' रूप से उपासना करनी चाहिए।'

'अनन्तता क्या है?'

'दिशाएं ही अनन्तता है, कोई भी जिस किसी दिशा को जाता है, वह उसका अन्त नहीं पाता, क्योंकि दिशाओं का कोई अन्त नहीं है, वे अनन्त हैं। दिशाएं ही श्रोत्र हैं। श्रोत्र ही परमब्रह्म है।'

राजा जनक ने याज्ञवल्क्य को पुनः गौएं देने के लिए कहा, किन्तु महर्षि ने अपना प्रश्न दोहराया। तब राजा ने कहा, 'मुझे जबाला के पुत्र सत्यकाम ने कहा कि मन ही ब्रह्म है, पर उसके आश्रय और प्रतिष्ठा के बारे में नहीं बताया।'

महर्षि ने कहा, 'मन ही उसका आश्रय है, आकाश प्रतिष्ठा है, इसकी आनन्द रूप से उपासना करनी चाहिए। मन ही आनन्द रूप है, क्योंकि मन से किसी वस्तु की कामना की जाती है और उसी से कामना–पूर्ति पर आनन्द मनाया जाता है। अतः परमब्रह्म मन ही है।'

राजा ने फिर बताया कि 'शाकल्य ने मुझसे हृदय ही ब्रह्म है, ऐसा कहा था। याज्ञवल्क्य ने बताया कि हृदय ही उस ब्रह्म का आधार है। आकाश प्रतिष्ठा है। 'स्थिति' रूप से उसकी उपासना करनी चाहिए।'

राजा ने पूछा, 'स्थितता क्या है?'

याज्ञवल्क्य बोले, 'हृदय ही स्थितता है, हृदय ही समस्त भूतों का आश्रय है, वही सबकी प्रतिष्ठा है। हृदय में ही समस्त भूत प्रतिष्ठित होते हैं, अतः वही परमब्रह्म है।'

याज्ञवल्क्य का यह उपदेश सुनकर राजा जनक जो अब तक अपने

आसन पर ही बैठे सुन रहे थे, आसन से उठकर खड़े हो गए और याज्ञवल्क्य के निकट आकर बोले, 'याज्ञवल्क्य जी, मैं आपको नमस्कार करता हूं। अब जो भी शेष रह गया है, वह उपदेश मुझे कीजिए।'

याज्ञवल्क्य ने कहा, 'राजन्, जिस प्रकार लम्बे मार्ग को जाने वाला पुरुष भली प्रकार से रथ या नौका आदि का आश्रय लेता है, उसी प्रकार आपने इन प्राण आदि ब्रह्म की उपासना कर चित्त को स्थिर कर लिया है और जीवन-यात्रा का आधार खोज लिया है, अब तुम पूज्य, श्रीमान्, वेदज्ञ और उपनिषद् के ज्ञाता हो गए हो, किन्तु इतना सब होते हुए भी मुझे यह तो बताओ कि इस शरीर से छूटकर कहां जाओगे?'

राजा जनक बोले, 'भगवन्, मैं कहां जाऊंगा, मुझे स्वयं नहीं मालूम। कृपया, आप ही बताएं कि शरीर से छूटकर कहां जाना होता है?'

याज्ञवल्क्य जी ने कहना आरंभ किया, 'राजन्, जिन ब्रह्मों के बारे में अभी आपने जानकारी प्राप्त की है, उनका लोप हो जाने पर शरीरपात हो जाता है, केवल आत्मा की ही ज्योति रह जाती है। यह आत्मा ही लोक-परलोक दोनों में संचार करता है। यही आत्मा मृत्यु के रूपों को भी लांघ जाता है। लोक में जिस प्रकार बहुत अधिक बोझ लादा हुआ छकड़ा शब्द करता हुआ चलता है, उसी प्रकार यह देहात्मा प्रज्ञात्मा से प्रतिष्ठित हो मरणकाल में शब्द करता हुआ जाता है। यह देह जिस समय बहुत जीर्ण-शीर्ण हो जाता है, बुढ़ापे अथवा रोगादि के कारण बहुत निर्बल हो जाता है। उस समय, जैसे-आम, गूलर अथवा पीपल के फल डंठल से छूट जाते हैं, वैसे ही यह पुरुष इन अंगों से छूटकर, फिर जिस मार्ग से आया था, उसीसे प्रत्येक योनि में प्राण की विशेष अभिव्यक्ति के लिए ही चला जाता है।'

जनक ने शंका प्रकट की, 'योनियों के चक्र में फंसने पर तो ब्रह्मप्राप्ति होती ही नहीं होगी? उसका क्या उपाय है?'

'कामना के नाश से ही ब्रह्मप्राप्ति संभव है। जो पुरुष अकाम, निष्काम, आप्तकाम या आत्मकाम होता है, उसके प्राणों का उल्लंघन नहीं होता, वह ब्रह्म ही रहकर ब्रह्म को प्राप्त होता है। सब प्रकार की कामनाओं का परित्याग कर जो आत्मा के द्वारा आत्मा को पहचानता है, वह मरने के बाद ब्रह्म को प्राप्त करता है। आसक्तिहीन आत्मा न पुण्यकर्म में बंधती है, न ही पापकर्म में। न ही उसे उन कर्मों के फल भोगने पड़ते हैं। जो फलभोग से मुक्त है, पाप-पुण्य से रहित है, वही ब्रह्म को पाता है।'

राजा जनक की सभी शंकाएं जाती रहीं। उन्होंने आत्मतत्त्व को पाकर परमप्रसन्न हो याज्ञवल्क्य को वे गौएं दे दीं। याज्ञवल्क्य वे गौएं लेकर लौट आए। यही याज्ञवल्क्य मैत्रेयी को उपदेश कर सभी कुछ परित्याग कर संन्यासी हुए।

राजा जनक और याज्ञवल्क्य का यह संवाद बहुत ही महत्त्वपूर्ण है, इस संवाद के अन्त में वह प्रार्थना भी दी गई है, जिसे प्राणियों को अपने अन्त समय में भगवान् के प्रति हाथ जोड़कर करना चाहिए।

अन्त समय की प्रार्थना इस प्रकार है, 'हे सबका भरण-पोषण करने वाले परमेश्वर! आप सत्यस्वरूप सर्वेश्वर हैं, आपका श्रीमुख ज्योतिर्मय सूर्यमंडल रूप पात्र से ढका हुआ है। मैं सत्यधर्मस्वरूप आपकी भक्ति करता हूं। आप अपने भक्त को अपने दर्शन कराने के लिए उस आवरण को हटा लीजिए। हे भक्तों का पोषण करने वाले! मुख्य ज्ञानस्वरूप! सबके नियन्ता! भक्तों और ज्ञानियों के परमलक्ष्य! प्रजापति के प्रिय! इन रश्मियों को, सूर्य की इन किरणों को हटा लीजिए, इस तेज को समेट लीजिए। आपका जो अत्यन्त कल्याण करने वाला दिव्यस्वरूप है, उसको मैं आपकी कृपा से ध्यान के द्वारा देख रहा हूं। वह जो सूर्य का आत्मा है, वह आप परमपुरुष का ही स्वरूप है, वही मैं भी हूं। अब ये प्राण

और इन्द्रियां अविनाशी समूहरूप वायुतत्त्व में प्रविष्ट हो जाएं, यह स्थूल शरीर अग्नि में जलकर भस्म हो जाए। हे सच्चिदानन्द घन यज्ञरूप भगवन्! आप मुझ भक्त का स्मरण करें, मुझे भूलें नहीं, मेरे सभी कर्मों का ध्यान रखें। हे अग्नि के अधिष्ठाता देवता! हमें परम धन रूप परमेश्वर की सेवा में पहुंचाने के लिए सुन्दर और शुभ उत्तरायण मार्ग से ले चलिए। हे देव! आप हमारे सारे कर्मों को जानने वाले हैं, अतः हमारे इस मार्ग की सभी बाधाओं को दूर कर दीजिए। आपको हम बार-बार नमस्कार करते हैं।'

–'बृहदारण्यकोपनिषद्' से

चित्र और उद्दालक की कथा

एक समय गर्ग के पड़पोते सुप्रसिद्ध महात्मा चित्र ने यज्ञ करने का विचार किया। इसके लिए उन्होंने आरुणि के पुत्र उद्दालक को प्रधान ऋत्विकू के रूप में वरण किया, परन्तु मुनि उद्दालक ने स्वयं न पधारकर अपने पुत्र श्वेतकेतु को भेज दिया। श्वेतकेतु यज्ञ में आकर एक ऊंचे आसन पर विराजमान हो गए। उन्हें आसन पर बैठे हुए देखकर महात्मा चित्र ने पूछा, 'भद्र, इस लोक में कोई ऐसा आवरणयुक्त, हर प्रकार से ढका हुआ स्थान है, जिसमें मुझे ले जाकर रखोगे? अथवा उससे भिन्न सर्वथा अद्भुत कोई ऐसा शून्य पद है, जिसे जानकर तुम उसी लोक में मुझे रखोगे?'

श्वेतकेतु ने चित्र की ओर देखा और कहा, 'मैं यह सब नहीं जानता, किन्तु तुम्हारा यह प्रश्न सुनकर मुझे बड़ी प्रसन्नता हुई है। मेरे पिता आचार्य हैं। वे शास्त्र के गूढ़ अर्थ का ज्ञान रखते हैं, दूसरे लोगों को शास्त्रीय आचार में लगाते हैं और स्वयं भी शास्त्र के अनुकूल आचरण रखते हैं, अतः उन्हीं से आपके प्रश्न का उत्तर ज्ञात करूंगा।' ऐसा कहकर श्वेतकेतु यज्ञभूमि से चले आए और अपने पिता उद्दालक के पास जा पहुंचे। पिता ने उन्हें देखा तो लौट आने का कारण पूछा। श्वेतकेतु ने बताया कि चित्र ने मेरे सामने प्रश्न रखा है कि इस लोक में आवरणयुक्त अथवा बिना आवरण का कोई शून्यलोक है, जहां व्यक्ति जाकर रहे? पिता जी, आप

बताएं कि मैं इस प्रश्न का उन्हें क्या उत्तर दूं?'

उद्दालक ने कहा, 'वत्स, मैं भी इस प्रश्न का उत्तर नहीं जानता। अब हम लोग महाभाग चित्र की यज्ञशाला में ही उस तत्त्व का अध्ययन करके इस विद्या को प्राप्त करेंगे। जब दूसरे लोग हमें विद्या और धन देते हैं, तो चित्र भी देंगे ही। इसलिए आओ, हम दोनों चित्र के पास चलें।'

वे दोनों पिता-पुत्र हाथ में समिधाएं लिए जिज्ञासु के वेश में महात्मा चित्र के यहां पहुंचे। चित्र के समीप जाकर उद्दालक ने कहा, 'महात्मन्, मैं विद्या ग्रहण करने के लिए आपके पास आया हूं।'

चित्र ने आदरपूर्वक उद्दालक को बिठाया और कहा, 'गौतम, तुम ब्राह्मणों में पूजनीय और ब्रह्मविद्या के अधिकारी हो। तुम मेरे जैसे लघु व्यक्ति के पास आते समय भी अपने बड़प्पन के अभिमान से ग्रस्त नहीं हो, अतः तुम धन्य हो। आओ, मैं तुम्हें निश्चय ही अपनी सामर्थ्य के अनुसार इस विषय का ज्ञान कराने का यत्न करूंगा।'

उद्दालक तथा श्वेतकेतु सहित सबके यथास्थान बैठ जाने पर अपने आसन पर विराजमान चित्र ने कहना आरंभ किया, 'ब्राह्मन्, जो कोई भी अग्निहोत्री आदि सत्कर्मों का अनुष्ठान करने वाले लोग हैं, वे सब-के-सब जब इस लोक से देह त्याग कर चले जाते हैं, तो क्रमशः धूम, रात्रि, कृष्णपक्ष और दक्षिणायन आदि को पार कर चन्द्रलोक अर्थात् स्वर्ग में ही जाते हैं। उनके प्राणों और इन्द्रियों से चन्द्रमा शुक्लपक्ष में पुष्टि को प्राप्त होते हैं, किन्तु कृष्णपक्ष में उन स्वर्गवासी जीवों की तृप्ति नहीं कर पाते। जो व्यक्ति इस चन्द्रमा के लोक में रहना नहीं चाहता, उसका त्याग कर देता है, उस पुरुष को उसका यह शुभ संकल्प चन्द्रलोक से भी ऊपर नित्य ब्रह्मलोक में पहुंचा देता है, लेकिन जो स्वर्ग के सुख में आसक्त है और वहीं रहना चाहता है, उस काम भाव से कर्म करने वाले को, उसके पुण्यभोग की समाप्ति होने पर फिर इस लोक में भेज दिया जाता है, फिर वह जीव अपनी वासना के अनुसार इस लोक में

मनुष्य अथवा अन्य कोई जीव होकर अपने कर्म और विद्या के अनुसार जहां कहीं उत्पन्न होता है।

जो अनासक्त है, निष्काम है, वह अन्य लोकों में होता हुआ ब्रह्मलोक में जाता है। सच तो यह है, जो ब्रह्मवेत्ता है, वही ब्रह्म को प्राप्त होता है। रथ से यात्रा करने वाला पुरुष रथ को दौड़ता हुआ रथ के दोनों पहियों को देखता है, उस समय रथ-चक्रों का जो भूमि से संयोग-वियोग होता है, वह उसे द्रष्टा को नहीं प्राप्त होता। इसी प्रकार जो ब्रह्मवेत्ता है, वह रात और दिन को देखता है, पुण्य और पाप को देखता है तथा अन्य सभी द्वन्द्वों को देखता है। द्रष्टा होने के कारण ही उसका इनसे सम्बन्ध नहीं होता। इसीलिए वह पाप-पुण्य से रहित होता है। फलतः वह ब्रह्मवेत्ता ब्रह्म को ही प्राप्त होता है। यही शून्य पद है।'

चित्र का उपदेश सुनकर सभी परम प्रसन्न हुए।

इंद्र और प्रतर्दन की कथा

देवासुर संग्राम पौराणिक गाथाओं में बहुत प्रसिद्ध है। असुर सदा ही देवताओं को पराजित करते रहते थे और देवराज इन्द्र भी उनका कुछ नहीं बिगाड़ पाते थे। एक समय ऐसा आया जब इन्द्र को आत्मज्ञान हुआ। आत्मज्ञान पा लेने पर इन्द्र असुरों को मारकर, उन्हें पराजित करके सम्पूर्ण देवताओं में श्रेष्ठता का पद, स्वर्ग का राज्य और त्रिभुवन का स्वामित्व पा गए। उन्हीं इन्द्र की प्राणतत्त्व के बारे में राजा दिवोदास के पुत्र प्रतर्दन से बातचीत हुई। उसका प्रसंग इस प्रकार है:

एक बार देवासुर संग्राम में देवताओं की सहायता करने के लिए राजा दिवोदास के पुत्र प्रतर्दन देवराज इन्द्र के प्रियधाम स्वर्गलोक में गए। वहां उनकी अद्‌भुत युद्ध कला और परमपुरुषार्थ से प्रसन्न होकर इन्द्र ने उनसे कहा, 'प्रतर्दन, मैं तुमसे बहुत प्रसन्न हूं। बोलो, मैं तुम्हें क्या वर दूं?'

वीर प्रतर्दन ने कहा, 'देवराज, जिस वर को आप मनुष्य जाति के लिए परमकल्याणमय मानते हों, वैसा कोई वर मेरे लिए आप स्वयं ही चुन लें।'

इन्द्र ने कहा, 'राजन्, इस बात को सभी जानते हैं कि कोई भी दूसरे के लिए वर नहीं मांगता, इसलिए कि वह नहीं जानता कि दूसरा क्या मांगेगा, अतः तुम्हीं अपने लिए कोई वर मांगो।'

प्रतर्दन ने कहा, 'तब तो मेरे लिए कोई वर है ही नहीं, मैं उससे वंचित ही रह जाऊंगा। आप स्वयं तो मेरे लिए कोई वर मांगेंगे नहीं और मैं स्वयं यह नहीं जानता कि मुझे क्या मांगना चाहिए।'

प्रतर्दन की इस बात से इन्द्र अपने वचनों से विचलित नहीं हुए, क्योंकि वे वर देने की प्रतिज्ञा कर चुके थे। इन्द्र क्योंकि सत्य स्वरूप हैं, अतः प्रतर्दन के न मांगने पर भी अपनी ही ओर से वर देने को तैयार हो गए।

इन्द्र ने कहा, 'प्रतर्दन, तुम मेरे ही यथार्थ रूप को जानो। इसे ही मैं मनुष्य जाति के लिए परमकल्याणमय वर मानता हूं कि वह मुझे भली भांति जाने। तुम चाहो तो कह सकते हो कि आपमें ऐसी क्या विशेषता है, जो मैं आपको जानूं? तो सुनो। मैंने प्राण ब्रह्म के साथ एकता स्थापित कर ली है। इसलिए मुझमें कर्तापन का अभिमान नहीं है। मेरी बुद्धि कहीं भी लिप्त नहीं होती। मेरे मन में कभी भी कार्यफल की इच्छा उत्पन्न नहीं होती, इसलिए कोई भी कर्म मुझे बन्धन में नहीं डालता। इसलिए यह कहा जाता है कि मैंने तीन मस्तक वाले विश्वरूप को मार डाला। कितने ही मिथ्या संन्यासियों को, जो अपने आश्रम के अनुकूल आचार से भ्रष्ट और ब्रह्मविचार से विमुख हो चुके थे, टुकड़े-टुकड़े करके भेड़ियों को खिला दिया। कितनी ही बार प्रह्लाद को कष्ट देने वाले दैत्यराजाओं को मौत के घाट उतार दिया। पुलोपासुर को पीड़ा देने वाले दानवों तथा पृथ्वी पर रहने वाले कालखांज नामक बहुत-से असुरों को भी समस्त बाधाएं पार करके मार डाला। लेकिन इतने पर भी मेरे एक रोम को भी हानि नहीं पहुंची, क्योंकि मैं अहंकार और कर्मफल की कामना से शून्य था। इसी प्रकार जो मुझे भली भांति जान लेगा, उसके पुण्यलोक को किसी भी कर्म से हानि नहीं पहुंचेगी।'

प्रतर्दन ध्यान से इन्द्र की बात सुन रहे थे। इन्द्र ने आगे कहा, 'मैं प्रज्ञास्वरूप प्राण हूं। समस्त प्राणियों की आयु तथा जीवनभूत जो प्राण है, जो मृत्यु से रहित अमृतपद है, वह मुझ इन्द्र से भिन्न नहीं है। आयु

प्राण है। प्राण ही आयु है तथा प्राण ही अमृत है। जब तक इस शरीर में प्राण निवास करता है तब तक ही आयु है। प्रज्ञा से मनुष्य सत्य का निश्चय और संकल्प-विकल्प करता है। जो आयु और अमृत रूप से इन्द्र की उपासना करता है, वह इस लोक में पूरी आयु तक जीवित रहता है तथा स्वर्गलोक में जाने पर अक्षय अमृत को पाता है।'

प्रतर्दन ने कहा, 'इस प्राण के विषय में कुछ विद्वान् कहते हैं कि सब प्राण (वाक् आदि समस्त इन्द्रियों और प्राण) एक होकर कार्य करते हैं, अलग-अलग इनका कार्य संभव नहीं है। जब वाणी बोलने लगती है, उस समय अन्य सब प्राण मौन होकर उसका अनुमोदन करते हैं। जब नेत्र देखने लगता है, तब अन्य प्राण भी उसके पीछे रहकर देखने लगते हैं। जब कान सुनने लगता है, तब अन्य सब प्राण भी उसका अनुसरण करते हुए सुनते हैं, जब मन चिन्तन करने लगता है तो अन्य सब प्राण भी उसके साथ रहकर चिंतन करते हैं और मुख्य प्राण जब अपना कार्य करता है, जब दूसरे प्राण भी उसके साथ-साथ वैसी ही चेष्टा करते हैं। क्या यह ठीक है?'

इन्द्र ने कहा, 'हां, ऐसा ही है। सब प्राण एक होते हुए भी जो पांच कहलाते हैं, वे निस्सन्देह परमकल्याण रूप हैं। उसे परमकल्याण रूप मैं इसलिए कहता हूं कि वाक् के बिना गूंगे, नेत्र के बिना अंधे, कान के बिना बहरे, मन:शक्ति के बिना शिशु तथा मूर्ख आदि जीवित रहते हैं। किसी अंग के कट जाने या विकृत हो जाने पर भी मनुष्य जीवित रहते हैं, किन्तु प्राण न रहने पर एक पल भी जीवित रहना संभव नहीं है। प्राण क्रियाशक्ति का उद्बोधक है और ज्ञानशक्ति का भी। प्राण परमात्मा है। प्राणमय परमात्मा का दर्शन ही ज्ञान है। यही प्रज्ञा है।

'प्रज्ञा और प्राण दोनों साथ-साथ ही इस शरीर में रहते हैं। दोनों ही जीवात्मा के साथ मरण के बाद देह से बाहर जाते हैं। प्रज्ञा के कारण ही प्राण के माध्यम से इन्द्रियों द्वारा उनके विषयों को ग्रहण किया जाता है। प्रज्ञा के बिना प्राण रहते भी कुछ बोध नहीं हो सकता। बुद्धि का

कोई भी व्यापार प्रज्ञा के बिना सिद्ध नहीं होता। वाणी को जानने की इच्छा से बढ़कर वाणी के प्रेरक आत्मा को जानना है। इन्द्रियों और इन्द्रियों के विषयों को जानने से बढ़कर उन विषयों को ग्रहण करने वाले आत्मा को जानना है।

जैसे इंद्रियों के विषय भूतमात्रा हैं, वैसे ही वाक् आदि इन्द्रियां प्रज्ञामात्रा हैं। यदि भूतमात्राएं न हों तो प्रज्ञा की मात्राएं भी नहीं रह सकती और प्रज्ञा की मात्राएं न हों तो भूतमात्राएं भी नहीं रह सकतीं। इन दो में से किसी भी एक के द्वारा किसी भी रूप की (विषय अथवा इन्द्रिय) सिद्धि नहीं हो सकती। तात्पर्य यह कि इन्द्रिय से विषय की और विषय से इन्द्रिय की सत्ता जानी जाती है। यदि केवल विषय हो तो विषय से विषय का ज्ञान नहीं हो सकता अथवा यदि केवल इन्द्रिय रहे तो उससे भी इन्द्रिय का ज्ञान संभव नहीं है, अतः दोनों का भूतमात्रा और प्रज्ञामात्रा का (विषय तथा इन्द्रिय का) होना आवश्यक है।

यहां यह बात समझने की है कि विषय और इन्द्रियों में तो भेद है, किन्तु प्रज्ञामात्रा और भूतमात्रा में भेद नहीं है। जैसे रथ की नेमि (नाभि) आरों के और आरे रथ की नाभि के आश्रित हैं, इसी प्रकार ये भूतमात्राएं प्रज्ञामात्राओं में स्थित हैं और प्रज्ञामात्राएं प्राण में प्रतिष्ठित हैं। अतः प्राण ही प्रज्ञात्मा, आनन्दमय, अजर और अमृतमय है। यह प्राण एवं प्रज्ञा रूप चेतन परमात्मा ही इस देह का अभिमान करने वाले पुरुष से साधु कर्म कराता है। यह लोकपाल है, यह लोकों का अधिपति है और यही सर्वेश्वर है। इन सब गुणों से युक्त प्राण को ही परमात्मा और निजात्मा जानकर आत्मा का ज्ञान प्राप्त करना चाहिए।'

इन्द्र के इस आत्मज्ञान-संबंधी उपदेश से सभी सन्तुष्ट हुए।

'कौषीतकि ब्राह्मणोपनिषद्' से

शुकदेव और जनक की कथा

शुकदेव नाम के एक महान् तेजस्वी मुनीश्वर थे। वे सदा ही आत्मानन्द का रसास्वादन करने में लगे रहते थे। जन्म लेते ही वे सत्य और तत्त्वज्ञान को समझ गए थे। अपने ही विवेक से उन्होंने बिना किसी के बताए, चिन्तन द्वारा आत्मस्वरूप का निश्चय किया। उन्होंने निष्कर्ष निकाला, यह आत्मा वाणी के द्वारा बखानी नहीं जा सकती, इसे पाना सरल काम नहीं है, किन्तु आत्मा मन रूप छठी इन्द्रिय में स्थित है। यह अणु-परमाणु के समान सूक्ष्म है, आकाश से भी अत्यन्त सूक्ष्म है और चित् है। इस चित् रूप अणु-आत्मा के भीतर कोटि-कोटि ब्रह्मांड रूपी रेणुकाएं (अत्यन्त सूक्ष्म धूलिकण) शक्ति क्रम से उत्पन्न और स्थित होकर विलीन होती रहती हैं।

आत्मा का कोई बाहरी प्रत्यक्ष रूप नहीं है, इसलिए शून्य होने के कारण वह आकाश रूप है, किन्तु चित् रूप में उसकी सत्ता है, अतः वह वस्तु रूप है, प्रकाशात्मक होने के कारण वह चेतन हैं। अपने भीतर स्थित आकाश में आत्मा चित्र-विचित्र नाना प्रकार के जगत् का विकास, निर्माण करता रहता है। वह आत्मा ही परम तत्त्व है। परमेश्वर है। यह विश्व उसका आत्म-प्रकाश मात्र है, यह इसीलिए उससे अलग नहीं है। परमात्मा विश्व रूप है। यह जगत् जो उससे अलग जान पड़ता है, वास्तव में आत्मा में ही प्रकाशमान् हो रहा है, जगत् और परमात्मा के भेद को आत्ममय ही मानना चाहिए।

उसका कोई आश्रय नहीं है। इसीलिए वह 'नास्ति' है, और सत्स्वरूप होने के कारण वह 'अस्ति' है। वह है भी और नहीं भी है, इस बात का ही रहस्य है। जो ब्रह्म आनन्द और विज्ञान स्वरूप है, चित्त के द्वारा सारे संकल्पों को त्याग देना ही मानो उसे ग्रहण कर लेना है, जिसके संकोच और विकास से जगत् का नाश और निर्माण होता है, वही सच्चिदानन्द स्वरूप ब्रह्म मैं हूं, दूसरा नहीं हूं।

इस प्रकार अपनी ही सूक्ष्म बुद्धि के द्वारा शुकदेव मुनि को सब कुछ ज्ञात हो गया। स्वयं प्राप्त हुए परमतत्त्व में वे स्थिर चित्त से निरन्तर संलग्न रहने लगे। जैसे वर्षा के जल से पपीहा तृप्त हो जाता है, वैसे ही आत्मज्ञान का शीतल जल पाकर वे शांतचित्त हो गए। तरह-तरह के भोगों से उत्पन्न सुख को क्षणभंगुर मानकर उनका चित्त उनसे विरक्त हो गया और वे मोक्ष की अवस्था को प्राप्त हो गए।

एक बार की बात है, मेरु पर्वत पर एकान्त में स्थित होकर शुकदेव के पिता श्रीकृष्ण द्वैपायन ध्यान लगाए बैठे थे। शुकदेव ने उनके समीप जाकर भक्तिपूर्वक प्रश्न किया, 'भगवन्, मैं यह जानना चाहता हूं कि यह जगत्-प्रपंच कैसे उत्पन्न हुआ, फिर किस प्रकार विलीन हो जाता है? यह क्या है, किसका है, कब हुआ? सब कुछ समझाइए।'

पिता व्यास ने सब कुछ समझा दिया। शुकदेव ने सोचा, ये बातें तो मुझे पहले से ही पता थीं, इन्होंने कौन-सी नई बात बता दी। यही सोचकर शुकदेव ने पिता की बातों का विशेष आदर नहीं किया। व्यास शुकदेव के विचार को जान गए, अतः उससे बोले, 'पुत्र, सच तो यह है कि मैं तत्त्व रूप से इन बातों को नहीं जानता इसीलिए ठीक से तुम्हें समझा नहीं पाया। मिथिलापुरी में जनक नाम के एक राजा हैं, वे इन सब बातों को भली प्रकार जानते हैं, इसलिए तुम उनके पास जाओ और सारी बातों की जानकारी प्राप्त करो।'

पिता व्यास की अनुमति लेकर शुकदेव मुनि विदेह नगरी जा पहुंचे। पूछते-पाछते वे राजा के द्वारपालों तक पहुंचे और उनके द्वारा राजा जनक

तक अपने आने का समाचार पहुंचाया। द्वारपालों ने जाकर राजा से निवेदन किया, 'राजन्, राजद्वार पर महर्षि व्यास के पुत्र श्री शुकदेव मुनि उपस्थित हैं और आपके दर्शन किया चाहते हैं। क्या आज्ञा है?'

शुकदेव की परीक्षा के लिए राजा जनक ने बड़ी ही लापरवाही से केवल इतना ही कहा, 'वे वहीं ठहरें।' द्वारपालों ने जाकर शुकदेव से वहीं ठहरे रहने को कहा। शुकदेव वहीं ठहर गए। राजा ने सात दिन तक कोई आदेश नहीं दिया, चुप रहे। सात दिन बाद जनक ने शुकदेव को राजप्रांगण में बुलवाया। वहां भी उनकी भेंट राजा से नहीं हुई। सात दिन तक शुकदेव को राजमहलों के आंगन में ही ठहरना पड़ा। सात दिन बाद राजा जनक ने शुकदेव मुनि को अंत:पुर के आंगन में बुलवाया। वहां भी सात दिन तक राजा शुकदेव मुनि के सामने नहीं आए। तदनन्तर उन्हें अन्त:पुर में बुलवाया गया। वहां राजा तो उनके सामने नहीं आए, किन्तु युवती स्त्रियों, नाना प्रकार के भोजन तथा भोग-सामग्री के द्वारा शुकदेव जी का आदर-सत्कार कराया। किन्तु शुकदेव जी का मन तनिक भी विचलित नहीं हुआ, वे किसी में भी आसक्त नहीं हुए। वे सबमें समभाव से, निरासक्त निर्विकार, मौन और प्रसन्नचित्त होकर निर्मल पूर्णचन्द्र के समान स्थित रहे। राजा जनक समझ गए कि शुकदेव मुनि सिद्ध पुरुष हैं। उनके स्वभाव की परीक्षा कर लेने पर राजा जनक ने शुकदेव मुनि को अपने पास बुलवाया। उनको प्रणाम कर स्वागत-सत्कारपूर्वक आसन पर बिठाया।

राजा जनक ने शांत चित्त बैठे हुए शुकदेव मुनि से कहा, 'मुनिवर, आपने अपने सांसारिक कार्यों को समाप्त कर दिया है, आपको सारे मनोरथ प्राप्त हैं, ऐसी स्थिति में आपकी क्या अभिलाषा है? आप किस उद्देश्य से यहां तक आए हैं?'

शुकदेव जी ने कहा, 'गुरुवर, मुझे शीघ्र और ठीक-ठीक बताइए कि यह सारा जगत्-प्रपंच कैसे उत्पन्न होता है और फिर किस प्रकार विलीन हो जाता है?'

राजा जनक ने सभी बातें उसी प्रकार उन्हें बता दीं, जैसे शुकदेव जी के पिता व्यास जी ने बताई थीं। तब शुकदेव जी ने राजा जनक से निवेदन किया, 'ज्ञानियों में श्रेष्ठ हे राजन्! मैंने यह सब विशेष रूप से स्वयं ही जान लिया था। पूछने पर मेरे पिता जी ने भी मुझे वही बातें ज्यों-की-त्यों बताईं। आपने भी मुझे वही बातें बताई हैं और शास्त्रों में भी वैसे ही बताया गया है। गुरुवर, मन के विकल्प से प्रपंच उत्पन्न होता है और इस विकल्प के नाश होने पर इसका नाश हो जाता है। यह संसार निश्चय ही प्रशंसा के योग्य नहीं है और पूरी तरह सारहीन है। तब हे महाभाग! यह है क्या वस्तु? मुझे सत्य बात बताइए। जगत् के सम्बन्ध में मेरा चित्त भ्रान्ति में फंसा है, आप मेरी भ्रान्ति को दूर कर चित्त को शान्त कीजिए।'

राजा जनक ने कहा, 'शुकदेव जी, मैं सारी बातें विस्तार से बताने का यत्न करता हूं। आप ध्यान से सुनें। वास्तव में तो दृश्य जगत् है ही नहीं, यह बात जान लेने पर मन दृश्य से विरक्त हो जाएगा। यह ज्ञान जब भली प्रकार परिपक्व हो जाएगा, तब उससे निर्वाण रूपी परम शांति प्राप्त होगी। वासनाओं का सम्पूर्णतया त्याग ही श्रेष्ठ त्याग है, वहीं विशुद्ध अवस्था है और वही मोक्ष है। जो इस तत्त्व को जान लेते हैं, जीवन्मुक्त कहलाते हैं। पदार्थ भावना की दृढ़ता ही बन्धन है और पदार्थों के प्रति वासनाओं का नाश हो जाना ही मोक्ष है। तप-साधन आदि के बिना ही स्वभाव से ही जिसे जगत् के भोग अच्छे नहीं लगते, वह जीवन्मुक्त कहलाता है। यथासमय प्राप्त होने वाले सुखों और दुखों से जो अनासक्त है, जो न प्रसन्न होता है, न दु:खी होता है, वह जीवन्मुक्त है। हर्ष, उद्वेग, भय, क्रोध, काम, शोक की दृष्टि से जिसका अन्त:करण अछूता रहता है, वह जीवन्मुक्त कहलाता है। जो अहंकारमयी वासना को सहज रूप से त्याग करके आत्मा में स्थित रहता है, चित्त के आलंबन का त्याग करने वाला व्यक्ति जीवन्मुक्त कहलाता है। जिसकी दृष्टि सदा अन्तर्मुखी रहती है, जिसको न किसी पदार्थ की आकांक्षा होती है और

न जो उपेक्षा करता है, जो स्थितियों में सोते के समान विचरण करता है, वह जीवन्मुक्त कहलाता है।

'जो सदा आत्मा में लीन है, जिसका मन पूर्ण और पवित्र है, परमश्रेष्ठ शांत अवस्था को प्राप्त कर जो संसार में किसी वस्तु की इच्छा नहीं करता, जो किसी के प्रति आसक्ति न रखता हुआ, उदासीन होकर विचरता है, वह जीवन्मुक्त कहलाता है। राग-द्वेष, सुख-दुःख, धर्म-अधर्म, फलाफल की अपेक्षा न करके जो काम करता है, वह जीवन्मुक्त कहलाता है। जो अहंभाव (मैं यह कर रहा हूं) को छोड़कर, मान-अभिमान त्यागकर, उद्वेग और संकल्पहीन होकर कार्य करता है, वह जीवन्मुक्त कहलाता है। जो सर्वत्र स्नेहरहित होकर साक्षी के समान स्थित रहता है तथा बिना किसी इच्छा के कर्तव्य में लगा रहता है, वही जीवन्मुक्त कहलाता है। जिसने धर्म और अधर्म को, जगत् के चिन्तन को तथा सारी इच्छाओं को अन्त:करण से त्याग दिया है, वह जीवन्मुक्त कहलाता है। जो किसी भी प्रकार के स्वाद का आनंद न लेता हुआ खाद्य पदार्थों को समान भाव से खाता है, वह जीवन्मुक्त है। बुढ़ापा, मृत्यु, विपत्ति, राज्य, दरिद्रता आदि में जो एक समान भाव से रहता है, वह जीवन्मुक्त है। धर्म-अधर्म, सुख-दुःख, जन्म-मरण की तनिक भी हृदय में भावना नहीं लाता वह जीवन्मुक्त है। सारी इच्छाओं, सारी कामनाओं और सारे निश्चयों को जिसने मन से त्याग कर दिया है, यह जीवन्मुक्त कहलाता है। जन्म, स्थिति, विनाश, उन्नति और अवनति में जिसका मन सदा एक समान रहता है, वह जीवन्मुक्त है। जो आत्मा में ही पूर्णता को अनुभव करता है, वह जीवन्मुक्त कहलाता है।

शरीर के नाश हो जाने पर ऐसा व्यक्ति जीवन्मुक्त अवस्था को छोड़कर गतिहीन वायु के समान विदेहयुक्त अवस्था को प्राप्त होता है। विदेहमुक्त अवस्था में जीव की न उन्नति होती है, न अवनति और न ही उसका लय होता है। वह अवस्था न सत् है, न असत् उसमें न तो 'मैं' का भाव है, न ही 'पराया' भाव। विदेहमुक्ति वास्तव में गंभीर तथा स्तब्ध अवस्था है। उसमें न तेज व्याप्त है, न अंधकार। यह न शून्य होता

है, न शरीर युक्त, न दृश्य होता है, न दर्शन। उसमें ये भूत और पदार्थों के समूह नहीं होते, केवल अनन्तरूप में सत् ही स्थित होता है। वह ऐसा अद्‌भुत तत्त्व है, जिसे किसी भी प्रकार के शब्दों द्वारा बताया नहीं जा सकता। वह पूर्ण से भी पूर्णतर और पूर्णतम है। वह अनन्त और चेतना मात्र होता है। द्रष्टा, दृश्य और दर्शन वही है। इसके अतिरिक्त कुछ और जानने को नहीं है। तुमने इस तत्त्व को स्वयं भी जान लिया है तथा अपने पिता से भी सुना है कि जीव अपने संकल्प से ही बन्धन में पड़ता है और संकल्पहीन होने पर मुक्त हो जाता है। तुमने स्वयं उस तत्त्व को जान लिया है, जिसे जान लेने पर इस संसार में महात्माओं को समस्त दृश्यों से अथवा भोगों से विरक्ति हो जाती है। तुम मुक्त हो, अतः भ्रान्ति को छोड़ दो। तुम बाहर, बाहर के भी बाहर और अन्त:करण में तथा उसके भी भीतर देखते हुए भी नहीं देखते, तुम पूर्ण मुक्तावस्था में साक्षी-भर रहते हो।'

राजा जनक का यह उपदेश सुनकर शुकदेव मुनि की समस्त भ्रान्ति जाती रही। अखण्ड समाधि के लिए वे सुमेरु पर्वत के शिखर की ओर लौट गए।

ऋभु और निदाघ का संवाद

निदाघ नामक एक मुनीश्वर बालक अपने पिता से आज्ञा लेकर अकेले तीर्थ-यात्रा के लिए निकले। वे अनगिन तीर्थों में स्नान करके अपने घर लौटे और अपने पिता मुनि ऋभु से समस्त समाचार कह सुनाए। उन्होंने कहा, 'पूज्य पिताजी, साढ़े तीन करोड़ तीर्थों में स्नान करने से जो पुण्य होता है, उस पुण्य के फलस्वरूप मेरे मन में यह विचार आया है कि संसार उत्पन्न होता है और नष्ट हो जाता है; वह नष्ट होता है फिर से उत्पन्न होने के लिए। यह जगत्-प्रपंच समस्त चर-अचर प्राणियों सहित अस्थिर और क्षण-भंगुर है। ऐश्वर्य की भूमि में उत्पन्न होने वाले ये पदार्थ सारी आपदाओं के कारण हैं। लोहे की सलाई के समान एक-दूसरे से अलग रहते हुए ये पदार्थ केवल मानसिक कल्पना रूपी चुम्बक के द्वारा एकत्र होते हैं। जिस प्रकार पथिक को रेगिस्तान में चलते-चलते यात्रा से विरक्ति हो जाती है, उसी प्रकार मेरी इन पदार्थों से विरक्ति हो गई है। जगत् के ये सारे पदार्थ मुझे दुःखमय जान पड़ते हैं। इस दुःख का अन्त कैसे होगा, यही सोचकर मेरा हृदय सन्तप्त हो रहा है। यह धन-वैभव, जिनके पीछे चिन्ताओं के समूह चक्र के समान भ्रमण करते रहते हैं, मुझे आनन्द नहीं देते। स्त्री-पुत्र आदि मानो उग्र मुसीबतों की जड़ हैं। मुझे लगता है, इस तुच्छ शरीर को असमय ही छोड़कर उन्मत्त के समान मुझे जाना ही पड़ेगा।

'मैं समझता हूं कि चाहे वायु को लपेटा जा सके, आकाश को टुकड़े-टुकड़े किया जा सके, लहरों को गूंथा जा सके, किन्तु जीवन में आस्था नहीं रखी जा सकती। यों तो वृक्ष, पशु-पक्षी आदि भी जीते हैं, किन्तु वास्तव में तो वही जीता है, जिसका मन आत्मचिन्तन में लगा हुआ है। इस संसार में उत्पन्न हुए उन्हीं जीवों का जीवन श्रेष्ठ है, जो पुनः आवागमन में नहीं पड़ते, शेष तो बूढ़े गधे के समान हैं।

'जो ज्ञानी है, उसके लिए शास्त्र बेकार का बोझ है; जो राग में फंसा है, उसके लिए ज्ञान बोझ मात्र है; अशान्त पुरुष का मन उसके लिए बोझा है और जो आत्मा का ज्ञान नहीं रखता उसके लिए शरीर बोझ है। अहंकार सारी मुसीबतों की जड़ है, उसी से विपत्ति, मन की व्याधियां, कामनाएं उत्पन्न होती हैं। अहंकार के वश होकर मैंने जिन चर-अचर भोगों को भोगा है, वे सब मिथ्या और भ्रम थे। यह मन बेचैन होकर इधर-उधर बेकार ही दौड़ता है, बेकार ही दूर-दूर तक जाता है। इसका ढंग गांव में घूमने वाले कुत्ते के जैसा है। तृष्णा रूपी कुतिया के पीछे-पीछे भटकने वाले कुत्ते के समान इस क्रूर मन के वश होकर मैं जड़ हो गया था। पिता, अब मैं उसकी दासता से मुक्त हो गया हूं। चित्त को वश में करना समुद्र पी जाने से भी कठिन है, सुमेरु पर्वत को उखाड़ फेंकने से भी मुश्किल है और आग को निगल जाने से भी विषम है।

'बाहरी तथा भीतरी विषयों के जन्म होने और उनके प्रति लगाव होने का कारण मन है, चित्त ही है। उसके आधार पर ही जाग्रत्, स्वप्न और सुषुप्ति–इन तीनों प्रकार के जगत् की स्थिति है। चित्त के क्षीण होने पर संसार भी क्षीण हो जाता है। ऐसी दशा में मैं तो यही समझता हूं कि यत्न करके चित्त का ही इलाज होना चाहिए।

'तृष्णा एक दुष्ट चुहिया के समान है, वह जैसे वीणा के तारों को काट डालती है, वैसे ही तृष्णा सद्गुणों को काट डालती है। यह तृष्णा चंचल बंदरिया के समान हर किसी जगह अपना पैर जमाना चाहती है,

तृप्त होने पर भी यह विविध फलों की इच्छा करती है, एक स्थान पर बहुत समय तक टिककर नहीं रह सकती। क्षणमात्र में पाताल पहुंचती है और क्षणमात्र में आकाश की सैर करती है। जैसे कमल के भीतर घुसकर भ्रमरी उसका सारा रस चूस लेती है और उसमें सूराख कर डालती है, वैसे ही तृष्णा हृदय का सारा रस चाट जाती है।

'मुझे लगता है, शरीर के समान गुणहीन, तुच्छ तथा शोचनीय वस्तु दूसरी नहीं है। अहंकार रूपी गृहस्थ का यह शरीर महाघर है। यह शरीर रूपी घर नष्ट हो जाए, चाहे चिरकाल तक बना रहे, मुझे नहीं चाहिए। इस घर में इन्द्रिय रूपी पशु कतार में बंधे हैं, इसके आंगन में तृष्णा घूमती फिरती है, चित्तवृत्ति रूपी नौकर-चाकर इसे घेरे हुए हैं। मुझे यह प्रिय नहीं है। इस शरीर रूपी घर के मुख रूपी दरवाज़े पर जिह्वा रूपी बंदरिया अपना आतंक मचाए हुए है। हड्डी, रक्त, मांस, मज्जा, मल-मूत्र से भरे इस शरीर से क्या लाभ? यह विनाशशील है और किसी भी अवस्था में स्थिर नहीं रहता। सदा भयभीत रहता है। बाल्यावस्था में माता-पिता, गुरुजन तथा अन्य लोगों से डर लगता है, शैशव भी भय का कारण है। युवावस्था में कामरूपी राक्षसों से यह आतंकित रहता है, उनसे बार-बार हारता है। बुढ़ापे में असहाय होकर सब किसी की हंसी का पात्र बनता है। असमर्थता के कारण लालसाएं और भी बढ़ जाती हैं। काल आयु रूपी तिनके को तिल-तिल कर काट रहा है। संसार में सुख कहां है?

'विषय-वासना के कारण चित्त की विषमता ही विष है। विष विष नहीं है, क्योंकि विष एक जन्म का ही विनाश करता है और विषय तो जन्म-जन्मान्तरों का ही नाश कर देते हैं। हे गुरुवर! आप मुझे तत्त्वज्ञान देकर वास्तविक बोध कराएं जिससे मेरा मन शान्त हो।'

निदाघ की बात सुनकर उसके पिता मुनि ऋभु ने कहा, 'बेटा, तुम ज्ञानियों में श्रेष्ठ हो। तुम्हारे लिए अब कुछ भी जानने योग्य नहीं बचा है। तुम ईश्वर की कृपा से अपनी प्रज्ञा द्वारा स्वयं ही सब कुछ जान गए हो, फिर भी चित्त की मलिनता के कारण जो भ्रम उत्पन्न हो गया

है, मैं उसे अपने उपदेश से दूर करने की चेष्टा करूंगा।

'वत्स, मोक्ष-द्वार के चार द्वारपाल बताये गए हैं–शम, विचार, सन्तोष और सत्संग। अपना कल्याण चाहने वाले मनुष्य को चाहिए कि वह पूरे यत्न के साथ सब कुछ छोड़कर इनमें से किसी भी एक का आश्रय पकड़ ले। एक को वश में करने से शेष तीनों अपने-आप ही वश में आ जाएंगे।

'संसार-बन्धन से मुक्त होने की इच्छा रखने वाले व्यक्ति को चाहिए कि वह पहले शास्त्रों के द्वारा, तप और इन्द्रियों के दमन के द्वारा और सत्संग के द्वारा अपनी प्रज्ञा को बढ़ाए। आत्मानुभव, शास्त्र तथा गुरु के वचनों में एकता होती है, उस एकता को भली भांति जानकर अभ्यास के द्वारा आत्मचिन्तन करे। चित्त जब सब प्रकार के कर्मों से निवृत्त हो जाता है तो उसका यह कर्मों का त्याग ही चित्त की वृत्तियों का निरोध कहलाता है। यही समाधि है। यही केवल अवस्था है, यही परमकल्याण रूप पराशांति है।

'संसार के सभी पदार्थों में आत्मभावना का मन से भली प्रकार त्याग करके संसार में गूंगे, अंधे और बहरे होकर रहो। इसका अर्थ यही है कि आत्मबोधपूर्वक संसार में रहो। संसार के सारे प्रपंच को ओंकार रूप ही जानो। यह चित् जगत् विराट् चित् की एक धड़कन का अंशमात्र है। यही सोचो कि चित् के सिवा और कुछ नहीं है। आत्मज्ञान ही समाधि है। आत्मा में अकर्त्तापन भी है और कर्त्तापन भी। इच्छारहित होने के कारण अकर्त्ता भी है और जगत् में व्याप्त होने से वह कर्त्ता है। यही गुण ब्रह्म में पाए जाते हैं। तुम उसी का आश्रय लेकर स्थिर हो जाओ।

'मैं कौन हूं, यह विस्तार वाला जगत्-प्रपंच कैसे उत्पन्न हुआ?' आदि प्रश्नों का उत्तर सत्संग से मिलता है। अंत:करण की शुद्धि होकर आत्म-साक्षात्कार हो जाता है। सत्संग के द्वारा तुम यह जानोगे कि धन, मित्र, बन्धु-बांधव किसी से भी पुरुष का उपकार नहीं होता। शारीरिक क्लेश के दूर होने और तीर्थ-यात्रा करने या वहां जाकर रहने से भी पुरुष का भला नहीं होता। केवल चित् मात्र में विलीन होने पर ही परमपद

प्राप्त हो सकता है।

'शम अर्थात् शांतचित्त हो जाने पर जितने दुःख हैं, जितनी तृष्णाएं हैं तथा जितनी न सहन करने योग्य चिन्ताएं हैं, उन सबका वैसे ही नाश हो जाता है, जैसे प्रकाश होने पर अंधकार का। शम से युक्त अर्थात् शांतचित्त पुरुष का कठोर और कोमल सभी प्रकार के मनुष्य उसी प्रकार विश्वास करते हैं जैसे पुत्र अपनी माता का विश्वास करता है।

'शुभ अथवा अशुभ को सुनकर उसे छूकर, देखकर, जानकर या खाकर जिसे न हर्ष होता है, न विषाद वह शांतचित्त कहलाता है। चन्द्रमंडल के समान जिसका मन स्वच्छ है तथा मृत्यु, युद्ध अथवा उत्सव में जिसका मन चंचल नहीं होता वही शांत है। हर हाल में जो सन्तुष्ट है, जो विचारवान् है, वही शांतचित्त, जीवन्मुक्त है। वही ब्रह्म को जानता है। जिस प्रकार 'कंकण' शब्द और उसका अर्थ (नाम और उसका रूप) स्वर्ण से अलग कोई सत्ता नहीं रखता, उसी प्रकार 'जगत्' शब्द का अर्थ परब्रह्म ही है। परब्रह्म ने ही जगत् के रूप में यह इन्द्रजाल फैलाया है।

'द्रष्टा जब दृश्य में लीन रहता है, तो बंधन कहलाता है, दृश्य के अभाव में ही मुक्ति है। जगत् और 'मैं-तू' इत्यादि रूप जो सृष्टि है, वह दृश्य कहलाता है। संसार में सारा प्रपंच रूपी इन्द्रजाल मन के द्वारा ही फैलता है। जब तक मन की यह कल्पना चलती रहती है, तब तक मोक्ष के दर्शन नहीं होते। संकल्प करना ही मन का लक्षण है। सारे संकल्पों के गल जाने पर केवल आत्मस्वरूप ही शेष रहता है। जब महाप्रलय के समय समस्त दृश्य सत्ताहीन हो जाता है, उस समय सृष्टि के पूर्वकाल में केवल शांत आत्मा ही शेष रहता है। यह आत्मा ही परमतत्त्व है, परमात्मा है।

'आकाश के तीन प्रकार हैं–एक तो भौतिक आकाश, जिसे हम आंखों से देखते हैं, दूसरा चित्ताकाश, चित्त रूप आकाश और तीसरा चिदाकाश अर्थात् चित् रूप आकाश। जब मनुष्य सारे संकल्पों को त्याग देता है,

तो चिदाकाश में स्थित होता है, तब वह सर्वात्मक शांत पद को पाता है चिदाकाश में स्थित होने पर जो वैराग्यपूर्ण आनन्दमयी अवस्था प्राप्त होती है, उसे समाधि कहते हैं। दृश्य पदार्थों की सत्ता ही नहीं है, जब इस प्रकार का बोध होता है तथा राग-द्वेष आदि दोष क्षीण हो जाते हैं, उस समय अभ्यास के द्वारा जो एकाग्रता आती है, उसे समाधि कहते हैं। दृश्य की सत्ता है ही नहीं, जब ऐसा बोध हो जाता है तो ज्ञान का स्वरूप प्राप्त हो जाता है। वही चित् से युक्त ज्ञानतत्त्व है, वही आत्ममुक्ति है। जगत् का कोई अस्तित्व नहीं है, यह भ्रम मात्र है, ऐसा तुम्हें जानना चाहिए। राग-द्वेष आदि क्लेषों से दूषित चित्त ही संसार है। वही चित्त जब दोषों से मुक्त हो जाता है, तब इसे संसार का अन्त अर्थात् मोक्ष की प्राप्ति कहते हैं। मन से शरीर की भावना करने पर ही आत्मा शरीरी बनता है, जब वह देह-वासना से मुक्त होता है, तब देह के धर्म उसे नहीं व्यापते। मन कल्प को क्षण और क्षण को कल्प बना देता है। यह संसार केवल मन का विलास मात्र है, ऐसा मेरा निश्चित मत है।

'जिसने बुरे कर्मों को नहीं छोड़ा है, जो अशान्त है, एकाग्रचित्त नहीं है, उस मनुष्य को आत्मबोध नहीं होता है। उस आनन्दमय, निर्गुण, सत्स्वरूप, चित्धन ब्रह्म को अपना स्वरूप समझ लेने पर मनुष्य को भय नहीं होता। बन्धन और मोक्ष के दो ही मुख्य कारण हैं–ममता और ममता का त्याग। ममता से प्राणी बन्धन में पड़ता है और ममता का त्याग करने पर मुक्त हो जाता है। जाग्रत् अवस्था से लेकर मोक्ष की प्राप्ति तक समस्त संसार जीव के द्वारा कल्पना किया गया है। मेरा तो यह कहना है कि जो मनुष्य मोक्ष चाहता है उसे जीव और ईश्वर के वाद-विवाद में न पड़कर ममता का ही त्याग करना चाहिए और दृढ़ होकर ब्रह्म तत्त्व का ही विचार करना चाहिए।

'अच्छा-बुरा जानने की, अपने-आप को पहचानने की जिसकी बोधशक्ति जाग गई है और जिसने सारे कर्मों का त्याग कर दिया है, ऐसे योगी को सहज अवस्था अपने-आप ही प्राप्त हो जाती है। सबमें

व्याप्त सच्चिदानन्द घन को ज्ञान की आंखों से देखा जाता है। जिसके पास ज्ञान की आंखें नहीं हैं, वह परब्रह्म को उसी प्रकार नहीं देख सकता जैसे अंधे को प्रकाशमान् सूर्य नहीं दिखाई देता। ब्रह्म के ज्ञान से ही जीव को अमरता प्राप्त होती है।

'मन के रोग के लिए मैं तुम्हें इलाज बताता हूं। ध्यान से सुनो और उपाय करो। जिन-जिन वस्तुओं की ओर मन जाता है, उन-उनका त्याग करता हुआ मनुष्य मोक्ष को प्राप्त करता है। जिस वस्तु के लिए तीव्र अभिलाषा है, उसे दृढ़ संकल्प से त्याग देने में ही शांति है। संकल्प अर्थात् पूरा प्रयत्न। प्रपंच की भावना से मुक्त होकर, महान् बुद्धि से युक्त होकर, चित्त का निरोध करके स्थिर भाव से अपने को केवल चित् में ही स्थिर करो। अभ्यास और वैराग्य का आश्रय लेकर तथा चित्त का निरोध करके हृदय रूपी आकाश में ध्यान करते हुए बार-बार चेतन में लगे हुए चित्त रूपी चक्र की धार से मन को काट डालो, तब तुम शंका से परे हो जाओगे और काम आदि शत्रु तुम्हें बांध नहीं सकेंगे। 'यह वह है, मैं यह हूं, वे पदार्थ मेरे हैं' आदि की भावना ही मन है। इन भावनाओं के त्याग रूपी दाव से मन को मारा जाता है। विचार शक्ति से मन को मारा जाता है।

पहले भोग-वासना का त्याग करो, फिर भेद-वासना का त्याग करो और उसके बाद भाव-अभाव दोनों का त्याग करके विकल्पहीन होकर सुखी हो जाओ। इस मन का नाश ही अविद्या का नाश कहलाता है। मन के द्वारा जो कुछ भी अनुभव में आता हो, उसमें आस्था मत होने दो। मन की कामनाओं में आस्था रखना दु:ख का कारण है और उसे त्याग देना ही निर्वाण, मोक्ष है। कर्तव्य-कर्म तो करते रहो, पर मन को कभी उनके प्रति रागपूर्ण मत होने दो। जब तुम ऐसा सोचोगे कि मैं ब्रह्म नहीं हूं, तो बन्धन में पड़ोगे और जब यह सोचोगे कि मैं भी ब्रह्म हूं, सब कुछ ही ब्रह्म है, तो मुक्त हो जाओगे।'

निदाघ, जो बड़े ध्यान से सुन रहा था, बोला, 'पिता जी, ज्ञान-

अज्ञान के बारे में भली प्रकार समझाइए, जिससे मेरा भ्रम दूर हो।'

ऋभु ने कहा, 'तात, अज्ञान की सात भूमिकाएं मानी गई हैं। उसी प्रकार ज्ञान की भी सात भूमिकाएं हैं। इनके बीच दूसरी असंख्य भूमिकाएं उत्पन्न होती रहती हैं। इन सबको त्यागकर स्वरूप में स्थित होना ही मुक्ति है।

'अज्ञान मोह का ही दूसरा नाम है। मोह सात प्रकार का होता है। इसीलिए अज्ञान की भी सात अवस्थाएं हैं: (1) बीज जाग्रत् अवस्था, (2) जाग्रत् अवस्था, (3) महाजाग्रत् अवस्था, (4) जाग्रत् स्वप्न अवस्था, (5) स्वप्न अवस्था, (6) स्वप्न जाग्रत् अवस्था और (7) सुषुप्ति अवस्था। इन्हें इस प्रकार जानोः

1. **बीज जाग्रत् अवस्था**–जिसमें व्यक्ति अपने नाम–रूप आदि का अनुभव करता है, जिसमें व्यक्ति होने की पात्रता होती है।

2. **जाग्रत् अवस्था**–जिसमें 'यह मैं हूं', 'यह मेरा है' इस प्रकार की भावना जागती है। सब प्रकार की भावनाओं से पहले यही भावना जागती है।

3. **महा जाग्रत् अवस्था**–जिस अवस्था में 'यह वह पुरुष है', 'मैं यह हूं', 'वह मेरी वस्तु है' आदि का विकास पैदा होता है।

4. **जाग्रत् स्वप्न अवस्था**–जाग्रत् अवस्था में मन की जो कल्पित सृष्टि है, वही यह चौथी अज्ञानावस्था है। यह अनेक रूपों में आती है। एक चन्द्रमा में दो आभास होना, सीप में चांदी का बोध होना, मृग-तृष्णा में जल की भ्रान्ति होना आदि इसके अनेक रूप हैं।

5. **स्वप्न अवस्था**–'अभी तो मुझे अमुक चीज़ का अमुक दृश्य दिखाई दे रहा था, किन्तु अब नहीं दिखाई दे रहा', जिस अवस्था से जागने पर मनुष्य को इस प्रकार की स्मृति होती है।

6. **स्वप्न जाग्रत् अवस्था**–देर तक दिखने वाला स्वप्न जाग्रत् के समान

ही प्रकट हो तो यह वही अज्ञानावस्था होती है। जाग्रत् में भी स्वप्न की स्थिति होना ही स्वप्न जाग्रत् अवस्था है।

7. **सुषुप्ति अवस्था**–इन छ: अवस्थाओं से भरे जीव की जो जड़तापूर्ण स्थिति है। वही सुषुप्ति अवस्था है।

अब ज्ञान की सात भूमिकाओं के बारे में सुनो। वे भी सात हैं–शुभेच्छा, विचारणा, तनुमानसी, सत्वापत्ति, असंसक्ति, पदार्थाभावना और तुर्यगा। इनके अन्तर्गत वह मुक्ति है, जिसे पाकर फिर शोक नहीं करना पड़ता। इन सातों को इस प्रकार समझोः

1. **शुभेच्छा**–'मैं मूढ़ बनकर क्यों बैठा हूं? शास्त्र तथा संतजनों से मैं जिज्ञासा के साथ ज्ञान प्राप्त करूंगा' इस प्रकार की इच्छा ही शुभेच्छा है।

2. **विचारणा**–शास्त्र तथा संत जनों के सम्पर्क से अभ्यास और वैराग्य के साथ सद्‌आचरण की वृत्ति जागती है वही विचारणा है।

3. **तनुमानसी**–शुभेच्छा और विचारणा के द्वारा जब इन्द्रियों के विषयों के प्रति अनुराग क्षीण होने लगता है, तो तनुमानसी नामक ज्ञान की तीसरी भूमिका जागती है।

4. **सत्वापत्ति**–ऊपर बताई गई तीनों भूमिकाओं के अभ्यास से वैराग्य के वश होकर जब चित्त शुद्ध सत्वस्वरूप में स्थित हो जाता है, तो सत्वापत्ति की प्राप्ति होती है।

5. **असंसक्ति**–सत्वारूढ़ होकर जो किसी भी प्रकार के संसर्ग (संपर्क, मेल, लगाव) की इच्छा न रखने वाली ज्योतिरूप कला है, वही असंसक्ति है।

6. **पदार्थाभावना**–उक्त पांचों भूमिकाओं के अभ्यास के फलस्वरूप दृढ़तापूर्वक अपने आत्मा में ही रमण करते रहने से तथा भीतरी

और बाहरी पदार्थों की भावना के न रहने से पदार्थाभावना (पदार्थ-अभावना) जन्म लेता है।

7. **तुर्यगा**–जब भेद-बुद्धि का अभाव हो जाय और आत्मभाव में ही एकनिष्ठता जाग उठे, तब तुर्यगा की भूमिका मिलती है। यही तुरीयावस्था है, जिसे जीवन्मुक्त पुरुष प्राप्त करते हैं।

'वास्तव में हृदय की गांठों का खुल जाना ही ज्ञान है और ज्ञान होने पर ही मुक्ति होती है। अविद्या को, अज्ञान को माया कहकर पुकारते हैं। माया किससे उत्पन्न हुई, यह तुम्हें नहीं विचारना है। 'मैं इसे किस प्रकार नष्ट करूं,' यही तुम्हें सोचना है। ज्ञान अथवा विद्या की प्राप्ति से ही वह माया नष्ट होगी। जो व्यक्ति देश, काल और क्रिया की शक्ति से चंचल नहीं होता, वही माया का बंधन काटता है, वही आत्मशक्ति से सम्पन्न है।

आत्मा को समझना भी सरल काम नहीं है। आत्मा ही कहीं मन, कहीं बुद्धि, कहीं ज्ञान, कहीं क्रिया, कहीं अहंकार और कहीं चित्त के नाम से जाना जाता है। कहीं इसे प्रकृति कहते हैं और कहीं यह माया है। यही आत्मा कहीं बंधन है, कहीं मोक्ष; कहीं अविद्या है, कहीं मोक्ष। यह आत्मा आशा-पाश का निर्माण करने वाले अखिल विश्व को उसी प्रकार धारण करता है, जैसे भीतर फलविहीन वट का बीज वट को धारण करता है। मैं तो तुमसे इतना ही कहूंगा कि जिन वस्तुओं की अधिकता से मूर्ख को अनुराग होता है, उन्हीं की प्राप्ति से ज्ञानी को वैराग्य उत्पन्न होता है। हे तत्त्वज्ञानी निदाघ! सांसारिक व्यवहारों में जो-जो नष्ट होता जाए, उसकी उपेक्षा करते चलो और जो-जो प्राप्त होता जाए उसे त्यागपूर्वक ग्रहण करते जाओ। जो भोग प्राप्त नहीं है, स्वभावतः उनकी इच्छा न करना तथा जो प्राप्त हैं, उनका उपयोग करना यही पंडित का लक्षण है। सत् और असत् के मध्य में शुद्ध पद को जानकर तथा उसका आश्रय लेकर भीतरी और बाहरी दृश्यों को न तो ग्रहण करो और न

त्याग करो। कर्म में स्थित जिस ज्ञानी पुरुष की इच्छा और अनिच्छा समान हैं, उसकी बुद्धि जल में कमल पत्र के समान असंपृक्त होती है। ऐसा पुरुष ही आत्मज्ञानी है। संकल्प के द्वारा संकल्प को और मन के द्वारा मन को नष्ट करके तुम अपने आत्मीय रूप में स्थित हो जाओ।

अन्त में एक बात और। पुरुष के चार प्रकार के निश्चय होते हैं–

1. 'पैर से लेकर सिर तक मेरी सृष्टि माता-पिता के द्वारा हुई है।' यह निश्चय बंधन का कारण है।
2. बन्धन में दुःख देखकर 'मैं सब प्रकार के सांसारिक भावों से परे बाल के अगले भाग से भी सूक्ष्म आत्मा हूं', इस प्रकार का निश्चय मुक्ति के लिए जागता है।
3. 'मैं समस्त जगत् के पदार्थों का आत्मा हूं, सर्वस्वरूप और अक्षय हूं।' यह तीसरा निश्चय मोक्ष का कारण बनता है।
4. 'मैं अथवा जगत् सब आकाश के समान शून्य है।' इस तरह का चौथा निश्चय मोक्ष सिद्धि देता है।

'सब कुछ मैं ही हूं।' इस प्रकार के निश्चय को ग्रहण करने वाला आत्मज्ञानी है, उसे विषाद नहीं होता।

निदाघ को इस आत्मज्ञान के उपदेश से बड़ी शान्ति मिली और वह आत्मचिन्तन में लीन हो गए।

–'महोपनिषद्' से

राम-हनुमान संवाद

एक बार हनुमान जी ने श्रीराम से प्रश्न किया, 'प्रभु, मैं मुक्ति का रहस्य जानना चाहता हूं; अतः कृपा कर आप मुझे उपदेश कीजिए।'

श्रीराम ने कहा, 'भद्र, चार वेद हैं–ऋग्वेद, यजुर्वेद, सामवेद और अथर्ववेद। इन चारों की अनेक शाखाएं हैं, उन शाखाओं की उपनिषदें भी अनेक हैं। ऋग्वेद की 21 शाखाएं हैं, यजुर्वेद की 109, सामवेद की एक हज़ार और अथर्ववेद की 50 शाखाएं हैं। एक-एक शाखा की एक-एक उपनिषद् मानी गई है। इनमें मुक्ति का रहस्य बताया गया है। ऋषि-मुनियों ने अनेक प्रकार से मुक्ति का वर्णन किया है।'

हनुमान बोले, 'प्रभु, मुक्ति के इन अनेक रूपों से मेरी बुद्धि भ्रम में फंस गई है। कोई-कोई मुनिश्रेष्ठ कहते हैं कि मुक्ति एक ही प्रकार की होती है। कुछ मुनिगण कहते हैं कि नाम-स्मरण से ही मुक्ति होती है। कुछ का कहना है कि काशी में मरने वाले व्यक्ति को शंकर तारक मंत्र देते हैं, जिससे प्राणी मुक्त हो जाता है। दूसरे मुनियों का कथन है कि सांख्ययोग से ही मुक्ति होती है और कुछ भक्तियोग से मुक्ति मानते हैं। बहुत-से महर्षि वेदान्त-वाक्यों के अर्थ का विचार करने से मुक्ति की प्राप्ति मानते हैं। कई मनीषियों ने चार प्रकार की–सालोक्य, सायुज्य, सामीप्य और कैवल्य रूप-मुक्ति बताई है। आपका इस सम्बन्ध

में उपदेश सुनना चाहता हूं।'

श्रीराम ने कहा, 'सभी का कहना अपनी-अपनी जगह ठीक है। मैं ज्ञान द्वारा मुक्ति को श्रेष्ठ मानता हूं।' यही उपनिषद् का कहना है।

हनुमान फिर बोले, 'प्रभु, मुक्ति के प्रसंग में मैंने जीवन्मुक्ति और विदेहमुक्ति की चर्चा सुनी है, अतः मुझे आप यह समझाइए कि जीवन्मुक्ति क्या है और विदेह मुक्ति क्या है। इनके होने में प्रमाण क्या है? इनकी सिद्धि कैसे होती है? और उस सिद्धि का प्रयोजन क्या है?'

श्रीराम ने कहा, 'भद्र, जीव को 'मैं भोक्ता, मैं कर्त्ता हूं, मैं दुःखी हूं' आदि जो ज्ञान होता है, वह चित्त का धर्म है। यह ज्ञान क्लेश का कारण है, इसी से बन्धन होता है। जब इस प्रकार का ज्ञान जाता रहता है, तो प्राणी जीवन्मुक्ति प्राप्त करता है। घट (घड़े) में हम आकाश को देखते है, आकाश के लिए वह घट उपाधि (विकार, मिथ्या) मात्र है, वास्तव में तो आकाश घट से मुक्त ही है, इसी प्रकार प्रारब्ध व्यक्ति के लिए उपाधि मात्र है। प्राणिमात्र जब इस, प्रारब्ध रूप उपाधि से मुक्त हो जाता है, तो विदेह मुक्त हो जाता है। ये दोनों प्रकार की मुक्ति कर्त्तापन और भोक्तापन से छुटकारा दिलाती हैं। कर्त्तापन और भोक्तापन आदि दुःखों से छुटकारा दिलाकर नित्यानन्द की प्राप्ति कराना ही इनका प्रयोजन है। यह आनंद की प्राप्ति पुरुष के पुरुषार्थ से सिद्ध होती है। जैसे व्यापार आदि के द्वारा धन की प्राप्ति होती है उसी प्रकार पुरुष के प्रयत्न से जो वेदान्त श्रवण का फल मिलता है और समाधि द्वारा जीवन्मुक्ति आदि सिद्धि होती है वही सभी वासनाओं के नाश होने पर प्राप्त होती है।

'पुरुष का प्रयत्न या पुरुषार्थ दो प्रकार का होता है–शास्त्रविरुद्ध और शास्त्रानुकूल। शास्त्र के विरुद्ध जो आचरण है, वह अनर्थ का कारण बनता है और शास्त्र के अनुकूल आचरण से परमार्थ की सिद्धि होती है। लोक-वासना, शास्त्र- वासना तथा देह-वासना के कारण प्राणी को यथार्थ-ज्ञान नहीं मिल पाता। अतः सब प्रकार की वासना का त्याग करना चाहिए।

'वासना शुभ और अशुभ भी होती है। मन को यत्नपूर्वक शुभ में

ही लगाना चाहिए। अभ्यास के द्वारा यह संभव हो सकता है। वासना के नाश के साथ-साथ, बाहरी वस्तुओं में आसक्ति का नाश और मन का नाश भी ज़रूरी है। इन तीनों का नाश होने पर मुक्ति मिल जाती है। भली भांति विचार करने से और सत्य के अभ्यास से वासनाओं का नाश हो जाता है। वासनाओं के नाश से चित्त उसी प्रकार विलीन हो जाता है, जैसे तेल के समाप्त हो जाने पर दीपक बुझ जाता है। समाधि लगावे या न लगावे, कर्मानुष्ठान करे या न करे, जिसके हृदय से वासना सदा के लिए चली गई है, वही मुक्त है। वासनाहीनता ही मुक्ति है। इन्द्रियों को उनके विषयों से समेट लेने पर ही वासना का अंत होता है। चिर परिचित पदार्थों के चिन्तन और उनमें आसक्ति के कारण चित्त में चंचलता आती है। चित्त की यह चंचलता ही जन्म-मरण का कारण है। वासना के कारण प्राणों में धड़कन होती है, उससे पुनः वासना जन्म लेती है, इस प्रकार चित्त रूपी बीज से अंकुर पैदा होते रहते हैं।

'चित्त रूपी वृक्ष के दो बीज हैं–प्राणों की गति और वासना। इन दोनों में से एक के भी क्षीण होने से दूसरा भी क्षीण हो जाता है और इस प्रकार दोनों का नाश हो जाता है। अनासक्त होकर व्यवहार करने से, संसार का चिन्तन छोड़ देने से और शरीर की नश्वरता को समझते रहने से वासना उत्पन्न नहीं होती। वासना का भलीभांति त्याग हो जाने पर चित्त की वासनात्मक वृत्ति नष्ट हो जाती है। इससे शान्ति देने वाला विवेक जाग उठता है।

'चित्तनाश दो प्रकार का होता है–सरूप और अरूप। जीवन्मुक्त का चित्तनाश सरूप होता है और विदेहमुक्त का अरूप होता है। जीवन्मुक्त का चित्त स्वरूप से रहता तो है, पर वह चित्त में लीन नहीं रहता, वह अचित्त होता है; किन्तु विदेहमुक्त होने पर उसका स्वरूप से भी नाश हो जाता है। एकाग्रचित्त होकर ही मनोनाश संभव है। चित्त को वश में करना कोई सरल कार्य नहीं है। जिस प्रकार मस्त हाथी को वश में करने के लिए अंकुश ही एकमात्र उपाय है, उसी प्रकार चित्त को वश में करने

के लिए अध्यात्मविद्या का ज्ञान, सत्संगति, वासनाओं का भली भांति परित्याग और प्राणायाम–ये प्रबल उपाय हैं। जो मूढ़ पुरुष हठ करके चित्त को वश में करने की चेष्टा करते हैं, वे मानो बिना दीपक अंधकार में भटकते हैं। वे मस्त हाथी को कमल नाल से बांधने की चेष्टा करते हैं।

'चित्त की स्थिरता ही वासना का नाश करती है। यही सर्वश्रेष्ठ स्थिति है। जिस प्रकार बीज के अच्छी प्रकार भुन जाने पर उससे अंकुर नहीं उत्पन्न होता, उसी प्रकार चित्त की स्थिरता द्वारा संसार-वासना के नष्ट हो जाने पर, फिर जन्म नहीं लेना पड़ता।

'कैवल्यमुक्ति, परमपद अथवा ब्रह्मरूप की प्राप्ति के लिए थोड़ा और आगे बढ़ो। सभी वासनाओं का भली प्रकार त्याग करके मोक्ष-प्राप्ति की वासना का भी त्याग करो। पहले मन से संबंध रखने वाली वासनाओं का त्याग करो और मोक्ष आदि की शुद्ध निर्दोष वासनाओं को ग्रहण करो, फिर उनको भी छोड़कर सबके प्रति समान स्नेह रखते हुए एकमात्र चित्त-स्वरूप में अपनी वासना लगाओ, फिर उस चित्त-वासना को भी मन और बुद्धि के साथ छोड़कर आखिर में ब्रह्म में पूर्णतया लीन हो जाओ। ब्रह्म के स्वरूप को प्राप्त कर लेना ही कैवल्य-मुक्ति है।'

–'मुक्तिकोपनिषद्' से

दत्तात्रेय का सांकृति को उपदेश

द त्तात्रेय योगमार्ग के सम्राट हैं। उन्हें विष्णु का अवतार माना जाता है। इसीलिए वे भगवान् की उपाधि से भूषित हैं। इन दत्तात्रेय भगवान् के एक शिष्य थे–सांकृति मुनि। वे गुरु के बड़े ही भक्त थे। एक दिन एकान्त में गुरु जी की सेवा में उपस्थित होकर हाथ जोड़कर विनयपूर्वक बोले, 'भगवन्, मेरे कल्याण के लिए आप मुझे विस्तारपूर्वक योग के बारे में समझाइए, जिससे मैं जीवन्मुक्त हो जाऊं।'

दत्तात्रेय ने कहा, 'सांकृति, तुम्हारे मन में यह एक अच्छी भावना का उदय हुआ है। सुनो, मैं तुम्हें योग के संबंध में बताता हूं। **योग के आठ अंग** माने गए हैं– यम, नियम, आसन, प्राणायाम, प्रत्याहार, धारणा, ध्यान और समाधि। **यम** का अर्थ है, वश में करना, नियंत्रण करना, संयम करना, साधना करना। यम के भी दस भेद हैं–अहिंसा, सत्य, अस्तेय (चोरी न करना), ब्रह्मचर्य, दया, सरलता, क्षमा, धैर्य, सीमित आहार और भीतर-बाहर की पवित्रता। अब इनके बारे में सुनो।

'वेद में बताई गई बातों के अतिरिक्त जो मन, वाणी और शरीर द्वारा किसी को किसी प्रकार का कष्ट दिया जाता है या किसी के प्राणों का हरण कर लिया जाता है, वही वास्तविक हिंसा है। इस हिंसा का त्याग ही अहिंसा है। आत्मा सर्वत्र व्याप्त है, उसको शस्त्र आदि के द्वारा नहीं काटा जा सकता। हाथों या इन्द्रियों के द्वारा उसको ग्रहण भी नहीं

किया जा सकता, उसी आत्मा की साधना श्रेष्ठ **अहिंसा** है।

'नेत्र आदि इन्द्रियों के द्वारा जो जिस रूप में देखा, सुना, सूंघा और समझा हुआ विषय है, उसको उसी रूप में प्रकट कर देना, बता देना सत्य है। परमात्मा के सिवा दूसरी कोई वस्तु नहीं है, इस प्रकार का निश्चय करना भी सत्य है।

'दूसरे के रत्न-स्वर्ण, मणि-मुक्ता, रुपया-पैसा आदि से लेकर एक तिनके के लिए भी मन न चलाना, दूसरों की छोटी या बड़ी, मूल्यवान् या साधारण वस्तु के लिए मन में कभी भी किसी प्रकार का लोभ-लालच न लाना ही **अस्तेय** (चोरी न करना) है। जगत् के समस्त व्यवहारों में अनासक्त भाव से, उन्हें आत्मा से दूर रखने का भाव भी अस्तेय है।

'मन, वाणी और शरीर के द्वारा स्त्रियों के सहवास का त्याग तथा धर्म-बुद्धि से केवल अपनी ही पत्नी से सम्बन्ध रखना ही **ब्रह्मचर्य** है। काम-क्रोध आदि का परित्याग कर मन को परब्रह्म परमात्मा के चिन्तन में लगाए रखना सर्वोत्तम ब्रह्मचर्य है।

'सब प्राणियों को अपने ही समान समझकर उनके प्रति मन, वाणी और शरीर द्वारा आत्मीयता का अनुभव करना अपनी ही भांति उनके दुःख को दूर करने और उन्हें सुख पहुंचाने की चेष्टा करना ही **दया** है।

'सब कहीं समतापूर्ण भाव को, पुत्र, मित्र, स्त्री, शत्रु तथा अपने आत्मा में भी सदा मन का एक-सा भाव रखना ही **आर्जव** (सरलता) है।

'शत्रुओं द्वारा मन, वाणी और शरीर से भली प्रकार पीड़ा दिए जाने पर भी बुद्धि में तनिक भी क्षोभ न करना और उसका बदला न लेने का विचार करना ही **क्षमा** है।

'वैदिक आज्ञाओं का पालन करने से ही संसार मोक्ष को पा सकता है, दूसरे किसी उपाय से नहीं, ऐसा दृढ़ निश्चय ही धैर्य है। मैं आत्मा हूं, आत्मा से भिन्न दूसरा कुछ नहीं हूं–जैसे निश्चय से कभी भी विचलित न होना ही **धैर्य** है।

'थोड़ी मात्रा में शुद्ध सात्विक अन्न ग्रहण करना उदर के दो भाग अन्न से और एक भाग को जल से पूर्ण करके चौथे भाग को खाली रख छोड़ना ही **सीमित आहार** है।

'मिट्टी और जल से जो अपने शरीर के मैल को छुड़ाया जाता है, उसे **बाहरी पवित्रता** कहते हैं तथा मन के द्वारा शुद्ध भावों का जो मनन है, उसे **मानसिक पवित्रता** कहते हैं। मैं विशुद्ध आत्मा हूं, ऐसा ज्ञान रखना ही श्रेष्ठ पवित्रता है।

'**अब नियम** के बारे में जान लो। ये भी दस बताए गए हैं–तप, संतोष, आस्तिकता, दान, ईश्वर पूजा, सिद्धान्त, श्रवण, लज्जा, भक्ति, जप और व्रत।

'तप दो प्रकार का है–कृच्छ्र और चान्द्रायण। किसी उद्देश्य के लिए शरीर को कठिन साधना में लगाना, कष्ट सहना ही कृच्छ्र तप है। चान्द्रायण व्रत चन्द्रमा के घटने और बढ़ने से सम्बन्ध रखता है। इस व्रत में किसी उद्देश्य के लिए निराहार रहकर प्रभु-चिन्तन किया जाता है। इसमें दैनिक आहार (जो केवल 15 ग्रास का होता है) पूर्णिमा से प्रतिदिन एक-एक ग्रास घटता रहता है, यहां तक कि अमावस्या के दिन निराहार व्रत हो जाता है। इसके पश्चात् फिर शुक्ल पक्ष में एक ग्रास से आरंभ करके पूर्णिमा तक बढ़ाकर फिर 15 ग्रास तक लाया जाता है। इन व्रतों द्वारा शरीर को क्षीण बनाना ही तप है। तत्त्वज्ञ विद्वानों की दृष्टि में मोक्ष क्या है तथा आत्मा कैसे और किस हेतु से संसार-बंधन को प्राप्त हुआ है, इसका विचार करना ही **तप** है।

'दैवकृपा से जो मिल जाए, उतने से ही हृदय में प्रसन्नता बने रहना सन्तोष कहलाता है। सब कहीं आसक्तिरहित होकर, समस्त लोकों के सभी सुखों से वैराग्य लेकर मन में जो स्वाभाविक प्रसन्नता होती है वही **सन्तोष** है।

'वेदों और स्मृतियों में बताए गए धर्म पर दृढ़ विश्वास होना ही **आस्तिकता** है।

'जो विद्वान् कष्ट में फंसा है, उसे न्याय से कमाया गया धन देना अथवा दूसरी आवश्यक वस्तुएं देना, सुपात्र को उसकी आवश्यकतानुसार सहायता करना ही **दान** है।

'हृदय को राग आदि दोषों से दूर रखना, वाणी को झूठ आदि असत्य बातों से बचाये रखना, हिंसा आदि दोषों से मुक्त कर्म करना ही **ईश्वर-पूजन** है।

जो सत्यरूप, ज्ञानरूप, अनन्त, सर्वोत्कृष्ट और नित्य परमानन्दरूप अन्तर्यामी आत्मा है, उसके बारे में सुनते रहना ही **सिद्धान्त-श्रवण** है।

'वैदिक तथा लौकिक मार्गों में जो निन्दा करने योग्य कर्म माने गये हैं, उन कर्मों को करने में जो स्वाभाविक संकोच होता है, वही **लज्जा** है।

'किसी के कहने पर भी वेद-विरुद्ध मार्ग पर न चलने की बुद्धि का आना और सम्पूर्ण वैदिक उपदेशों में श्रद्धा रखना ही **मति** है।

'वेदों में बताई गई रीति से ही मंत्रों का बार-बार उच्चारण करना **जप** है। धर्मशास्त्र, पुराणशास्त्र, पुराण, इतिहास आदि ज्ञान में मन की वृत्तियों को निन्तर लगाए रखना ही **जप** है। जप भी दो प्रकार का है–वाचिक और मानसिक। वाचिक के भी दो भेद हैं–उच्चैः और उपांशु। उच्चस्वर से किए जाने वाला उच्चैः और मन्द स्वर से किए जाने वाला जप उपांशु है। इनमें उपांशु जप ही श्रेष्ठ है। मानसिक जप के भी दो भेद हैं–मनन और ध्यान। उपांशु से भी मानसिक जप उत्तम है।

'अब आसन के बारे में सुनो। किसी निश्चित उद्देश्य के लिए विधिपूर्वक स्थिर होकर बैठना ही आसन है। आसन नौ प्रकार के हैं–स्वस्तिकासन, गोमुखासन, पद्मासन, वीरासन, सिंहासन, भद्रासन, मुक्तासन, मयूरासन और सुखासन। इन्हीं नौ आसनों को अनेकानेक आसनों में परिवर्तित किया जा सकता है। किसी आचार्य के बिना आसन नहीं किए जाते। जो इन आसनों पर नियंत्रण कर लेता है, वह मानो तीनों लोकों को जीत लेता है।

'अब **प्राणायाम** की बात करते हैं। प्राणायाम के बारे में जानने से पहले नाड़ी आदि का परिचय संक्षिप्त रूप में सुनो। मनुष्य का शरीर अपने हाथ के माप से 96 अंगुल का होता है। इस शरीर का जो मध्य भाग है, उसमें अग्नि का स्थान है। उसकी आकृति त्रिकोण है। गुदा से दो अंगुल ऊपर मूत्रेन्द्रिय से दो अंगुल नीचे का जो स्थान है, वही मूलाधार है। वहां से नौ अंगुल ऊपर कन्द स्थान है। उसकी लम्बाई-चौड़ाई चार-चार अंगुल की है और आकृति मुर्गी के अंडे के समान है। उसके ऊपर चमड़ा है। उस कन्द स्थान के मध्यभाग में नाभि है। यहां जो नाड़ी है, उसे सुषुम्ना कहते हैं। उसके चारों ओर 72 हज़ार नाड़ियां हैं। उनमें चौदह प्रधान हैं, जिनके नाम ये हैं–सुषुम्ना, पिंगला, इड़ा, सरस्वती, पूषा, वरुणा, हस्तिजिह्वा, यशस्विनी, अलम्बुषा, कुहू, विश्वोदरा, पयस्विनी, शंखिनी और गान्धारा। इनमें भी इड़ा, पिंगला और सुषुम्ना ही प्रधान है। सुषुम्ना सर्वश्रेष्ठ है। यही ब्रह्म नाड़ी है। पीठ के मध्यभाग में जो मेरुदण्ड नाम से प्रसिद्ध हड्डियों का समूह है, उससे होकर सुषुम्ना नाड़ी मस्तक तक पहुंच गई है। नाभिकन्द से दो अंगुल नीचे कुंडलिनी है। वह आठ प्रकृतियों–पृथ्वी, जल, तेज, वायु, आकाश, मन, बुद्धि, अहंकार–से सम्पन्न है। यह कुंडलिनी ब्रह्मरंध्र के मुख को अपने मुख से ढके रहती है। सुषुम्ना के बाईं ओर इड़ा और दाईं ओर पिंगला स्थित हैं। सरस्वती और कुहू दोनों ही सुषुम्ना के दोनों ओर हैं। गांधारा और हस्तिजिह्वा ये क्रमशः इडा के पीछे और पूर्व भाग में हैं। इसी प्रकार पूषा और पयस्विनी पिंगला के पीछे और पूर्व भाग में हैं। कुहू और हस्तिजिह्वा के बीच में विश्वोदरा नाड़ी है। पयस्विनी और कुहू के बीच वरुणा नाड़ी है। पूषा और सरस्वती के मध्य पयस्विनी है। गांधारा और सरस्वती के बीच शंखिनी है। अलम्बुषा नाभिकन्द के मध्यभाग से होती हुई गुदा तक फैली हुई है। सुषुम्ना को राका भी कहते हैं। उसके पूर्व भाग में कुहू है। इसकी स्थिति दाईं नासिका तक है। इड़ा बाईं नासिका तक स्थित है। यशस्विनी नाडी दाएं पैर के अंगूठे तक फैली हुई है। पूषा पिंगला के पृष्ठ भाग से होती हुई दाएं

नेत्र तक फैली हुई है और पयस्विनी नाड़ी दाहिने कान तक फैली है। सरस्वती नाड़ी ऊपर की ओर जिह्वा तक फैली हुई है। हस्तिजिह्वा बायें पैर के अंगूठे तक फैली है। शंखिनी बाएं कान तक फैली है और गांधारा बाएं नेत्र तक है। विश्वोदरा नाभिकंद के मध्य में स्थित है।

'इन सभी नाड़ियों में दस प्रकार के प्राणवायु विचरते रहते हैं। उनके नाम हैं–प्राण, अपान, व्यान, समान, उदान, नाग, कूर्म, कृकल, देवदत्त और धनंजय। इनमें प्रथम पांच ही मुख्य हैं। इनमें भी प्राण और अपान श्रेष्ठ हैं। प्राणवायु का निवास मुख और नासिका के मध्य भाग में, नाभि के मध्य भाग में और हृदय में है। अपान वायु गुप्त, मूत्रेन्द्रिय, जांघों, घुटनों, सारे उदर, कमर, नाभि और पिंडलियों में रहता है। व्यान वायु दोनों कानों, दोनों नेत्रों, दोनों कंधों, दोनों टखनों, प्राण के स्थलों और कंठ में निवास करता है। उदान वायु दोनों हाथों और पैरों में रहता है। समान वायु सारे शरीर में निवास करता है। नाग आदि पांचों वायु चमड़ी और हड्डियों में निवास करते हैं।

'प्राणायाम द्वारा इन नाड़ियों का शोधन किया जाता है और वायु यथास्थान स्थिर रहकर जीव की रक्षा करते हैं। ओंकार का स्मरण करते हुए सांसों पर नियंत्रण करना ही प्राणायाम है। पूरक, कुंभक और रेचक इन तीनों क्रियाओं द्वारा प्राण संयम करना ही प्राणायाम है। जिस क्रिया के द्वारा बाहर की वायु को नासिका के द्वारा उदर के भीतर लिया जाता है, वह पूरक है। जल से भरे हुए कुंभ (घड़े) की भांति वायु को उदर में धारण किए रहना कुंभक कहलाता है। उस वायु को नासिका के द्वारा ही पुनः उदर से बाहर निकालना रेचक है।

'जिस प्राणायाम को करते समय शरीर से पसीना निकलने लगता है, वह अधम है। जिसमें शरीर कांपने लगता है, वह मध्यम है और जिस प्राणायाम को करते हुए शरीर ऊपर को उठता-सा जान पड़े, वह उत्तम है। साधक को चाहिए, वह उत्तम स्थिति तक पहुंचने के लिए पहले दो प्रकार के प्राणायामों की साधना करता रहे। रेचक और पूरक

को छोड़कर कुंभक का ही अभ्यास करना श्रेष्ठ है। प्राणायाम करने वाला व्यक्ति मन को वश में कर लेता है।

'ओंकार के तीन वर्ण हैं– अ, उ और म। प्राणायाम करते हुए इनके स्वरूप का ध्यान करता रहे और प्रणव का जप करे। इड़ा नाड़ी के द्वारा वायु को धीरे-धीरे भीतर खींचकर उसे उदर में भरे और वहां स्थित 16 क्षणों तक 'अ' कार का चिन्तन करे। उदर में भरी हुई उस वायु को कुछ काल तक धारण किए रहे और उस समय 64 क्षणों तक 'उ' कार का स्वरूप-चिन्तन करे। जब तक संभव हो जप में लगे रहकर वायु को रोके उसके बाद 32 क्षणों तक 'म' कार का चिन्तन करते हुए पिंगला नाड़ी के द्वारा धीरे-धीरे उस उदर में भरे हुए वायु को बाहर निकाल दे। अब इसके विपरीत अभ्यास करे। अबकी बार पिंगला नाड़ी से वायु भीतर जाएगा और इड़ा से बाहर आएगा। यह एक कुंभक क्रिया हुई। यह पूर्ण प्राणायाम है।

'प्राणायाम से चित्त शुद्ध होता है और उससे आत्मसाक्षात्कार होता है। जब प्राणायाम करते हुए शरीर ऊपर उठने लगे तो समझो अब ज्ञान की स्थिति मिल रही है और ब्रह्म का साक्षात्कार होने को है।

'प्राणायाम से शरीर स्वस्थ रहता है। बालों का पकना रुक जाता है। प्रातः, मध्याह्न और सन्ध्या को प्राणायाम बहुत ही फलप्रद है। प्राणायाम द्वारा वायु को उदर में भरने, नासिका के अग्रभाग, नाभि के मध्यभाग और पैर के अंगूठे में वायु को धारण करने से मनुष्य सब रोगों से मुक्त हो जाता है और सौ वर्षों तक जीवित रहता है। यदि एक मास तक तीनों संध्याओं के समय जिह्वा द्वारा धीरे-धीरे वायु को भीतर खींचकर उसे नाभि में रोके रहे तो वात और पित्त से उत्पन्न सभी दोष नष्ट हो जाते हैं। दोनों नासिका छिद्रों के द्वारा वायु को भीतर खींचकर यदि उसे दोनों नेत्रों में धारण करे तो नेत्र के रोग नष्ट हो जाते हैं और कानों में उसे रोकने से कान के सब रोग नष्ट हो जाते हैं। इसी प्रकार वायु को

भीतर खींचकर यदि उसे मस्तक में धारण करे, तो सिर के सब रोग नष्ट हो जाते हैं।

'एकाग्रचित्त होकर स्वस्तिकासन से बैठे और ओंकार का जप करते हुए धीरे-धीरे अपान वायु को ऊपर की ओर उठाएं और कान आदि इन्द्रियों को दोनों हाथों से भली प्रकार दबाए रखें, दोनों अंगूठों से दोनों कानों को ढक लें, दोनों तर्जनी अंगुलियों से दोनों नेत्रों को ढक लें तथा अन्य दो-दो अंगुलियों से नाक के दोनों छिद्रों को बंद कर लें, इस प्रकार ऊपर की सब इन्द्रियों को ढककर उस वायु को तब तक मस्तक में धारण किए रहें, जब तक आनंदमय अमृत की उत्पत्ति न हो जाए। इस प्रक्रिया से ही प्राण ब्रह्मरन्ध्र में प्रवेश करता है। जब वायु ब्रह्मरन्ध्र में प्रवेश कर जाता है तो पहले शंखध्वनि के समान एक गंभीर नाद होने लगता है। बीच में वह नाद मेघ-गर्जन के समान हो जाता है। जब वायु मस्तक के मध्य भली भांति स्थित हो जाता है, उस समय पर्वत से गिरते हुए झरने की कल-कल-ध्वनि के समान शब्द होने लगता है। तब योगी प्रसन्नता के साथ आत्मा के सम्मुख आ जाता है। आत्मतत्व का ज्ञान कर लेने पर संसार बंधन का नाश हो जाता है।

'अब **प्रत्याहार** के बारे में बताता हूं। स्वभाव से ही विषयों में विचरने वाली इन्द्रियों को बलपूर्वक विषयों से खींच लेना ही प्रत्याहार कहलाता है। मनुष्य जो कुछ देखता है, वह सब ब्रह्म है–ऐसा समझते हुए ब्रह्म में चित्त को एकाग्र कर लेना ही प्रत्याहार है, मनुष्य मरणकाल तक जो कुछ भी शुद्ध या अशुद्ध कर्म करता है, वह सब परमात्मा के लिए करना ही प्रत्याहार है। परमात्मा को सब कर्म समर्पित करना ही प्रत्याहार है। प्राणायाम को भी इसमें शामिल किया जा सकता है।

'धारणा का ज्ञान भी प्राप्त करो। मन को शांत रखना, मन में अच्छी बातों को धारण करने की शक्ति बटोरना ही धारणा है। पैर से लेकर घुटने तक का भाग पृथ्वी का अंश माना गया है। घुटने से लेकर गुदा तक का भाग जल का अंश है। गुदा से ऊपर हृदय तक का भाग अग्नि

का अंश है। हृदय से ऊपर भौंहों के मध्य भाग तक वायु का अंश है तथा मस्तक का भाग आकाश का अंश है। अपने शरीर के भीतर जो आकाश है, उसमें बाहरी आकाश की धारणा करे। इसी प्रकार प्राण में बाहरी वायु की, जठराग्नि में बाहरी अग्नि की, शरीरगत जल के अंश में बाहरी जलतत्त्व की तथा शरीर के पार्थिव भाग में ही समस्त पृथ्वी की धारणा करे और प्रत्येक तत्त्व की धारणा के समय-हं, यं, रं, वं, लं,–इन बीज-मंत्रों का जाप करे। इससे आत्मसाक्षात्कार होता है।

'बुद्धिमान् मनुष्य को चाहिए कि वह आत्मा में परमात्मा की धारणा करे। इससे सब पाप कटते हैं। मन के द्वारा समस्त इन्द्रियों को उनके विषयों से हटाकर आत्मा में संयुक्त करना ही परमात्मतत्त्व को जानना है।

'बुद्धि द्वारा यह निश्चय करना कि परब्रह्म परमात्मा मैं ही हूं **ध्यान** कहलाता है। परमात्मा और जीवात्मा की एकता के विषय में निश्चयात्मक बुद्धि का उदय होना ही समाधि है। अद्वैत ही सत्य है। जीव और ईश्वर भिन्न नहीं हैं। 'मैं न देह हूं, न प्राण हूं, न इन्द्रियों का समूह हूं और न मन ही हूं, सदा साक्षीरूप में स्थित होने के कारण मैं एकमात्र सच्चिदानन्द परमात्मा हूं।' इस प्रकार की जो निश्चयात्मिका बुद्धि है, वही समाधि कहलाती है।

'मैं वह परमात्मा ही हूं, संसार के बन्धनों में बंधा हुआ जीव नहीं हूं, इसलिए मुझसे भिन्न किसी भी वस्तु की किसी भी काल में सत्ता नहीं है। जैसे झाग और लहरें समुद्र से ही उत्पन्न हैं और पुनः समुद्र में ही विलीन हो जाती हैं, उसी प्रकार यह जगत् मुझमें ही उत्पन्न और विलीन होता है। इसीलिए सृष्टि का कारण यह मन भी मुझसे अलग नहीं है। यह जगत् और माया भी मुझसे अलग कोई अस्तित्व नहीं रखते।' इस प्रकार जिस पुरुष को परमात्मा अपने आत्मरूप से अनुभव होने लगता है, वह परम पुरुषार्थ स्वरूप साक्षात् परम अमृतमय परमात्मभाव को प्राप्त हो जाता है।

'जब योगी के मन में सर्वत्र व्यापक आत्मचेतना का प्रत्यक्ष अनुभव होने लगता है, तब वह स्वयं परमात्मस्वरूप में प्रतिष्ठित हो जाता है। जब ज्ञानी महात्मा सब भूतों को अपने में ही देखता है और अपने को ही सम्पूर्ण भूतों में स्थित देखता है, तब वह साक्षात् ब्रह्म हो जाता है।

'जब समाधि में स्थित पुरुष परमात्मा से एकीभूत होकर, उसी का रूप होकर अपने से भिन्न किसी भी भूत को नहीं देखता, तब वह केवल परमात्मस्वरूप से प्रतिष्ठित होता है।

'जब मनुष्य केवल अपने आत्मा को ही परमार्थ–सत्यस्वरूप देखता है और सम्पूर्ण जगत् को माया का विलासमात्र मानता है, तब उसे परमानन्द की प्राप्ति हो जाती है।

'इस प्रकार मैंने तुम्हें आठ अंगों सहित योग का विस्तार से ज्ञान करा दिया है। अब तुम्हें कोई शंका नहीं रहनी चाहिए।' यह कहकर दत्तात्रेय चुप हो गए। मुनिवर सांकृति इस उपदेश को भली प्रकार हृदय में बिठाकर अपने यथार्थ स्वरूप से स्थित हो अत्यन्त निर्भय स्थिति में पहुंचकर सुख से रहने लगे।

दत्तात्रेय भगवान् तथा सांकृति का यह संवाद भौतिक और आध्यात्मिक दोनों दृष्टियों से बहुत ही मूल्यवान् और अद्भुत है। इस जीवन को सुखी बनाते हुए दीर्घायु प्राप्त कर परमात्मा की सिद्धि, आत्म-साक्षात्कार कैसे किया जाता है, यही इस संवाद का सार है।

–'जाबालदर्शनोपनिषद्' से

●●●